어린 왕자

만화와 **소설**로 감상하는
어린왕자

펴낸이 / 이홍식 원작 / 생텍쥐페리 엮음·그림 / 이범기
발행처 / 도서출판 지식서관 등록 / 1990.11.21 제96호
주소 / 경기도 고양시 덕양구 벽제동 564-4 우412-510
전화 / 031)969-9311(대) 팩시밀리 / 031)969-9313
e-mail / jisiksa@hanmail.net

초판 1쇄 발행일 / 2003년 8월 10일
초판 7쇄 발행일 / 2016년 1월 15일

어린 왕자

글·그림/생텍쥐페리
옮긴이/김유진·김이리

지식서관

어린왕자는 철새들의 도움을 받아
자신의 별에서 떠나왔을 거라고 생각한다.

레옹 베르트에게

 내가 이 책을 어른에게 바친 데 대해, 혹 이 책을 읽게 될 어린이들에게 용서를 빈다.
 그럴 수밖에 없는 이유가 있다. 내가 이 세상에서 사귄 가장 훌륭한 친구가 이 어른이기 때문이다.
 또 다른 이유도 들 수 있는데, 그것은 이 어른이 모든 것, 어린이를 위한 책들까지도 다 이해한다는 점이다.
 세 번째 이유는 이 어른이 프랑스에서 살고 있는데 거기에서 굶주림과 추위에 떨고 있다는 점이다.
 그는 위로를 받아야 할 어려운 처지에 있다. 만약 모든 이유들로도 부족하다면 예전의, 어린 시절의 그에게 이 책을 바치기로 하겠다. 어른들도 누구나 다 처음에는 어린 아이였으니까─물론 그것을 기억하는 어른들은 그리 많지 않겠지만─따라서 내 헌사를 이렇게 고친다.

**'어린 아이였을 때의
레옹 베르트에게'**

To Leon Werth

I ask the indulgence of the children who may read this book for dedocating it to a grown-up. I have a serious reason: he is the best friend I have in the world. I have another reason: this grown-up understands everything, even books about children. I have a third reason: he lives in France where he is hungry and cold. He needs cheering up. If all these reasons are not enough, I will dedicate the book to the child from whom this grown-up grew. All grown-ups were once children—although few of them remember it. And so I correct my dedication.

To Leon Werth
when he was a little boy

1

내가 여섯 살 때 한번은 '자연계의 실화'라는 원시림에 관해 쓴 책에서 굉장한 그림 하나를 본 적이 있었다. 그것은 보아 구렁이 한 마리가 맹수를 삼키고 있는 그림이었다. 이것이 그 그림을 옮겨 놓은 것이다.

그 책에는 이런 말이 씌어 있었다. '보아 구렁이는 먹이를 씹지 않고 통째로 삼킨다. 그런 후에는 몸을 움직일 수가 없게 되어 먹이가 소화될 때까지 여섯 달 동안 잠을 잔다.'

나는 그 그림을 보고 나서 밀림의 여러 가지 모험들을 곰곰이 생각해 보았으며, 드디어는 나도 색연필을 들고 나의 첫 그림을 용케 완성해 냈다.

이것이 나의 그림 제 1호이다.

1

Once when I was six years old I saw a magnificent picture in a book, called True Stories from Nature, about the primeval forest. It was a picture of a boa constrictor in the act of swallowing an animal. Here is a copy of the drawing.

In the book it said: "Boa constrictors swallow their prey whole, without chewing it. After that they are not able to move, and they sleep through the six months that they need for digestion."

I pondered deeply, then, over the adventures of the jungle. And after some work with a colored pencil I succeeded in making my first drawing. My Drawing Number One. It looked like this:

나는 내 걸작품을 어른들에게 보여 주며, 내 그림이 무섭지 않느냐고 물어 보았다. 그러나 어른들은 "아니, 모자가 왜 무서워?"라고 대답했다.

내 그림은 모자를 그린 게 아니라 코끼리를 소화시키고 있는 보아 구렁이를 그린 것이었다. 그래서 나는 어른들이 알아볼 수 있도록 보아 구렁이의 속을 그렸다. 어른들에게는 항상 설명을 해 줘야 한다. 나의 제 2호 그림은 아래와 같았다.

어른들은 내게, 속이 보였다 안 보였다 하는 보아 구렁이의 그림 따위는 그만두고, 차라리 지리나 역사·산수·문법에나 흥미를 붙여 보라고 충고했다.

그래서 나는 여섯 살 때에 멋진 화가가 되겠다는 꿈을 포기했다. 내 그림 제 1호와 제 2호의 실패로 그만 풀이 죽었던 것이다. 어른들은 자기 스스로는 아무것도 이해하지 못하고, 그렇다고 그 때마다 늘 설명을 해 주자니 어린애인 나에겐 피곤한 노릇이었다.

그래서 나는 다른 직업을 골라 비행기 조종술을 배웠다. 나는 전세계의 여기저기를 비행하였다. 그때 지리학은 내게 아주 유용하게 쓰였다. 그 덕분에, 나는 한눈에도 중국과 애리조나를 구별할 수 있었다. 만약 밤에 길을 잃었을 때 그런 지식은 매우 가치가 있었다.

이렇게 살아 오는 동안, 나는 영향력 있는 성실한 어른들을 많이 만

I showed my masterpiece to the grown-ups, and asked them whether the drawing frightened them. But they answered: "Frighten? Why should any one be frightened by a hat?"

My drawing was not a picture of a hat. It was a picture of a boa constrictor digesting an elephant. But since the grown-ups were not able to understand it, I made another drawing: I drew the inside of the boa constrictor, so that the grown-ups could see it clearly. They always need to have things explained. My Drawing Number Two looked like this:

The grown-ups' response, this time, was to advise me to lay aside my drawings of boa constrictors, whether from the inside or the outside, and devote myself instead to geography, history, arithmetic and grammar. That is why, at the age of six, I gave up what might have been a magnificent career as a painter. I had been disheartened by the failure of my Drawing Number One and my Drawing Number Two. Grown-ups never understand anything by themselves, and it is tiresome for children to be always and forever explaining things to them.

So then I chose another profession, and learned to pilot airplanes. I have flown a little over all parts of the world; and it is true that geography has been very useful to me. At a glance I can distinguish China from Arizona. If one gets lost in the night, such knowledge is valuable.

In the course of this life I have had a great many encounters with a great many people who have been concerned with matters of

나 보았다. 나는 오랫동안 이들과 함께 살면서 그들을 아주 가까이서 보아 왔다. 그렇다고 해서 이전까지 내가 품어 왔던 어른들에 대한 내 의견이 크게 달라지지는 않았다.

나는 좀 총명해 보이는 사람을 만날 때마다, 늘 가지고 다니던 내 첫 번째 그림을 보여 주며 시험해 보곤 했다. 정말 무엇을 좀 알아보는 사람인지 알고 싶었던 것이다. 그러나 늘 이런 대답이었다.

"모자네요."

그러면 나는 보아 구렁이 이야기니 원시림 이야기니 별 이야기니 하는 이야기는 접어 두고, 그가 알아들을 수 있게 트럼프 이야기나 골프, 정치나 넥타이 이야기로 화제를 돌렸다. 그러면 그 어른들은 나더러 분별 있는 사람을 알게 되었다면서 반색을 하는 것이었다.

2

그래서 나는 6년 전, 사하라 사막에서 비행기 사고를 만났을 때까지, 내 마음을 터놓고 이야기할 친구도 없이 혼자서 지내왔다. 그때 비행기 엔진이 고장났다. 정비사도 승객도 없었기 때문에, 나는 그 복잡한 수리를 혼자 해야만 했다. 나로서는 죽느냐 사느냐가 달린 문제였다. 내게 있는 것이라고는 겨우 일주일 분의 물밖에 없었다.

첫날 저녁, 나는 사람이 사는 곳에서 수천 마일이나 떨어진 사막 위에서 잠이 들었다. 망망한 바다 한가운데를 뗏목을 타고 흘러가는 난파선의 선원보다도 훨씬 더 처량한 처지였다. 그러니 해뜰 무렵, 이상한 작은 목소리에 눈을 떴을 때 내가 얼마나 놀랐겠는가!

consequence. I have lived a great deal among grown-ups. I have seen them intimately, close at hand. And that hasn't much improved my opinion of them.

Whenever I met one of them who seemed to me at all clear-sighted, I tried the experiment of showing him my Drawing Number One, which I have always kept. I would try to find out, so, if this was a person of true understanding. But, whoever it was, he, or she, would always say:

"That is a hat."

Then I would never talk to that person about boa constrictors, or primeval forests, or stars. I would bring myself down to his level. I would talk to him about bridge, and golf, and politics, and neckties. And the grown-up would be greatly pleased to have met such a sensible man.

2

So I lived my life alone, without anyone that I could really talk to, until I had an accident with my plane in the Desert of Sahara, six years ago. Something was broken in my engine. And as I had with me neither a mechanic nor any passengers, I set myself to attempt the difficult repairs all alone. It was a question of life or death for me: I had scarcely enough drinking water to last a week.

The first night, then, I went to sleep on the sand, a thousand miles from any human habitation. I was more isolated than a shipwrecked sailor on a raft in the middle of the ocean. Thus you can imagine my amazement, at sunrise, when I was awakened by an odd little voice. It

그 목소리는 이렇게 말했다.

"아저씨… 나 양 한 마리만 그려 줘!"

"뭐?"

"양 한 마리만 그려 달라구…."

나는 우레라도 맞은 듯 벌떡 일어났다. 나는 눈을 비비면서 주위를 조심스럽게 살폈다. 한 꼬마 친구가 나를 점잖게 바라보고 있었다. 여기 그의 초상화가 있다. 이 그림은 내가 훗날 그를 모델로 그린 그림 중에서 가장 잘된 그의 초상화이다. 물론 내 그림은 실제의 모델보다 훨씬 못하다.

그러나 그것은 내 잘못이 아니다. 나는 여섯 살 때 어른들 때문에 풀이 죽어 화가가 되는 것을 포기했고, 속이 보이는 보아 구렁이와 보이지 않는 보아 구렁이밖에는 다른 것을 그려 본 적이 없지 않은가!

아무튼 나는 놀란 눈을 크게 뜨고, 갑자기 내 앞에 나타난 소년을 바라보았다. 다시 말하지만, 나는 사람이 사는 곳에서 수천 마일이나 떨어진 곳에 있었다. 그런데 내 꼬마 친구는 길을 잃은 것 같지도 않았고, 피로나 굶주림이나 목마름에 지친 듯이 보이지도 않았으며, 겁먹은 모습도 아니었다. 아무리 봐도 사람이 사는 곳에서 수천 마일이나 떨어진 사막 한가운데서 길을 잃은 어린아이 같지는 않았다.

이윽고 나는 겨우 이렇게 말했다.

"그런데… 넌 여기서 뭘 하고 있니?"

그러나 그 애는 무슨 중대한 일을 말하듯 천천히 같은 말을 되풀이했다.

"아저씨… 양 한 마리만 그려 줘…."

said:

"If you please—draw me a sheep!"

"What!"

"Draw me a sheep!"

I jumped to my feet, completely thunderstruck. I blinked my eyes hard. I looked carefully all around me. And I saw a most extraordinary small person, who stood there examining me with great seriousness. Here you may see the best portrait that, later, I was able to make of him. But my drawing is certainly very much less charming than its model.

That, however, is not my fault. The grown-ups discouraged me in my painter's career when I was six years old, and I never learned to draw anything, except boas from the outside and boas from the inside.

Now I stared at this sudden apparition with my eyes fairly starting out of my head in astonishment. Remember, I had crashed in the desert a thousand miles from any inhabited region. And yet my little man seemed neither to be straying uncertainly among the sands, nor to be fainting from fatigue or hunger or thirst or fear. Nothing about him gave any suggestion of a child lost in the middle of the desert, a thousand miles from any human habitation. When at last I was able to speak, I said to him:

"But—what are you doing here?"

And in answer he repeated, very slowly, as if he were speaking of a matter of great consequence:

"If you please—draw me a sheep..."

'여기 그의 초상화가 있다. 나중에 내가 그린 그림 중 가장 잘 그린 것이다.'

*'Here is the best portrait that, later,
I was able to make of him.'*

너무나 이상한 일을 당하게 되면 누구나 감히 그것을 거역하지 못하는 법이다. 사람이 사는 곳에서 수천 마일이나 떨어진 곳에서 눈앞에 죽음을 앞둔 채, 양이나 그려 주는 일이 터무니없다고 생각하면서도 나는 주머니에서 종이와 만년필을 꺼내지 않을 수 없었다. 그러나 나는 그때 내가 배운 것이라고 해 봐야 지리와 역사, 산수와 문법 따위뿐이라는 것을 깨달았다. 그래서 시무룩해져서 이 꼬마 친구에게, 나는 그림을 그릴 줄 모른다고 말했다. 그러자 꼬마 친구는 이렇게 대답했다.

"괜찮아, 양 한 마리만 그려 줘."

나는 양을 그려 본 적이 없었기 때문에, 내가 그릴 줄 아는 단 두 가지 그림 중에서 하나를 그에게 다시 그려 주었다. 그것은 속이 보이지 않는 보아 구렁이의 모습이었다. 그런데 놀랍게도 이 꼬마 친구는 이렇게 말하는 것이었다.

"아니야, 이건 아냐! 난 보아 구렁이의 뱃속에 있는 코끼리는 싫어. 보아 구렁이는 너무 위험하고, 코끼리는 너무 거추장스러워. 내가 사는 곳은 아주 작아, 나는 양을 갖고 싶어. 양 한 마리만 그려 줘."

그래서 나는 양을 그렸다. 그 아이는 그림을 자세히 들여다보더니 말했다.

"아니야! 이 양은 병이 들었는걸. 다른 걸 하나 그려 줘!"

나는 다시 그렸다.

내 친구는 생긋 웃더니 말했다.

"에이…" 그는 말했다. "이건 양이 아니야, 염소잖아. 뿔이 있으니까…."

그래서 나는 다시 그림을 그렸다.

When a mystery is too overpowering, one dare not disobey. Absurd as it might seem to me, a thousand miles from any human habitation and in danger of death, I took out of my pocket a sheet of paper and my fountainpen. But then I remembered how my studies had been concentrated on geography, history, arithmetic and grammar, and I told the little chap (a little crossly, too) that I did not know how to draw. He answered me:

"That doesn't matter. Draw me a sheep..."

But I had never drawn a sheep. So I drew for him one of the two pictures I had drawn so often. It was that of the boa constrictor from the outside. And I was astounded to hear the little fellow greet it with,

"No, no, no! I do not want an elephant inside a boa constrictor. A boa constrictor is a very dangerous creature, and an elephant is very cumbersome. Where I live, everything is very small. What I need is a sheep. Draw me a sheep."

So then I made a drawing.

He looked at it carefully, then he said:

"No. This sheep is already very sickly. Make me another."

So I made another drawing.

My friend smiled gently and indulgently.

"You see yourself," he said, "that this is not a sheep. This is a ram. It has horns."

So then I did my drawing over once more.

그러나 그 그림 역시 앞의 그림들처럼 퇴짜를 맞았다.

"이건 너무 늙었어. 난 오래 살 수 있는 양을 갖고 싶어."

기관을 분해해야 할 일이 급했던 나는 더 이상 참을 수 없어, 아무렇게나 쓱쓱 그려 놓은 것이 이 그림이었다.

그리고는 툭 던져 주며 설명해 주었다.

"이건 양이 살 상자야. 네가 원하는 양은 그 안에 들어 있어."

그러자 뜻밖에도 이 꼬마 심판관의 얼굴이 환해지는 것이 아닌가!

"내가 갖고 싶었던 그림이 바로 이거야! 그런데 이 양을 먹이려면 풀이 많이 있어야 할까?"

"왜?"

"내가 사는 곳이 너무 작아서 말이야…."

"충분할 거야. 내가 그려 준 건 아주 쬐끄만 양이거든."

그는 고개를 숙여 그림을 찬찬히 들여다보았다.

"그리 작지도 않은데, 뭘…. 야, 벌써 잠이 들었어…."

이렇게 해서 나는 어린 왕자를 알게 되었다.

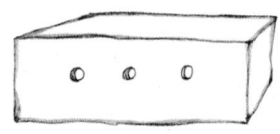

But it was rejected too, just like the others.

"This one is too old. I want a sheep that will live a long time."

By this time my patience was exhausted, because I was in a hurry to start taking my engine apart. So I tossed off this drawing.

And I threw out an explanation with it.

"This is only his box. The sheep you asked for is inside."

I was very surprised to see a light break over the face of my young judge:

"That is exactly the way I wanted it! Do you think that this sheep will have to have a great deal of grass?"

"Why?"

"Because where I live everything is very small..."

"There will surely be enough grass for him," I said. "It is a very small sheep that I have given you."

He bent his head over the drawing:

"Not so small that—Look! He has gone to sleep..."

And that is how I made the acquaintance of the little prince.

3

그가 어디에서 왔는지를 아는 데는 꽤 오랜 시간이 걸렸다. 어린 왕자는 내게 여러 가지 질문을 하면서도 내가 묻는 것은 별로 귀담아 듣는 것 같지 않았다. 어쩌다 우연히 한 마디씩 하는 그의 말을 듣고, 나는 조금씩 조금씩 모든 것을 알게 되었다.

예컨대, 그가 처음으로 내 비행기(내 비행기는 그리지 않으련다. 내게는 너무 복잡한 그림이라서)를 보았을 때, 나에게 이렇게 물었다.

"이 물건은 뭐야?"

"그건 물건이 아니야, 날아다니는 거야. 비행기라고 해. 내 비행기란다."

나는 내가 하늘을 날아다니는 사람이라는 것을 그에게 알려 주는 것이 자랑스러웠다. 그러자 그는 큰 소리로 외쳤다.

"와! 아저씨는 하늘에서 떨어졌네?"

"그렇단다!"

나는 의젓하게 대답했다.

"야! 정말 재미있었겠는걸!"

그러고는 어린 왕자가 아주 유쾌한 듯 깔깔거리며 웃는 바람에 나는 몹시 심통이 났다. 나는 다른 사람들이 내 불행을 심각하게 여겨 주기를 바라고 있었기 때문이다. 그때 그는 덧붙여 말했다.

"그럼 아저씨도 하늘에서 왔구나! 어느 별에서 왔어?"

그 말을 듣자, 나는 수수께끼 같은 그의 존재를 알아내는 데 한 줄기 빛이 보이는 것 같아 다그쳐 물어 보았다.

3

It took me a long time to learn where he came from. The little prince, who asked me so many questions, never seemed to hear the ones I asked him. It was from words dropped by chance that, little by little, everything was revealed to me.

The first time he saw my airplane, for instance (I shall not draw my airplane; that would be much too complicated for me), he asked me:

"What is that object?"

"That is not an object. It flies. It is an airplane. It is my airplane."

And I was proud to have him learn that I could fly. He cried out, then:

"What! You dropped down from the sky?"

"Yes," I answered, modestly.

"Oh! That is funny!"

And the little prince broke into a lovely peal of laughter, which irritated me very much. I like my misfortunes to be taken seriously.

Then he added:

"So you, too, come from the sky! Which is your planet?"

At that moment I caught a gleam of light in the impenetrable mystery of his presence; and I demanded, abruptly:

"그럼 넌 다른 별에서 왔구나?"

그러나 그는 대답하지 않았다. 내 비행기를 바라보면서 고개만 가만히 끄덕였다.

"이걸 타고서야 그다지 먼 곳에서 올 수는 없었겠네…."

그리고 그는 오랫동안 무엇인가 생각에 잠겨 있었다. 이윽고 그는 호주머니에서 양을 그린 그림을 꺼내 들고 열심히 들여다보는 것이었다.

그 아리송한 '다른 별들'이라는 이야기가 내 호기심을 불러일으켰다. 그래서 나는 좀더 알아보기 위해 애를 썼다.

"어이, 꼬마 친구, 넌 어디서 왔니? '네가 사는 곳'이란 데가 도대체 어디니? 네 양을 어디로 데려가려는 거지?"

그는 생각에 잠겨서 한동안 아무 말이 없더니 이렇게 대답했다.

"잘됐어, 아저씨가 준 상자는 밤이면 양의 집으로 쓸 수도 있겠어."

"물론이지. 그리고 네가 얌전히 굴면 낮에 양을 매어 둘 수 있도록 고삐도 하나 줄게. 말뚝도 주고."

그러나 내 제안에 어린 왕자는 놀란 듯했다.

"양을 매어 둬? 참 괴상한 생각이네!"

24 어린 왕자

"Do you come from another planet?"

But he did not reply. He tossed his head gently, without taking his eyes from my plane:

"It is true that on that you can't have come from very far away..."

And he sank into a reverie, which lasted a long time. Then, taking my sheep out of his pocket, he buried himself in the contemplation of his treasure.

You can imagine how my curiosity was aroused by this half-confidence about the "other planets." I made a great effort, therefore, to find out more on this subject.

"My little man, where do you come from? What is this 'where I live,' of which you speak? Where do you want to take your sheep?"

After a reflective silence he answered:

"The thing that is so good about the box you have given me is that at night he can use it as his house."

"That is so. And if you are good I will give you a string, too, so that you can tie him during the day, and a post to tie him to."

But the little prince seemed shocked by this offer:

"Tie him! What a queer idea!"

"그렇지만 매어 두지 않으면 아무 데나 돌아다니다가 길을 잃어버리고 말걸?"

그 말에 꼬마 친구는 다시 한 번 웃음을 터뜨렸다.

"아니, 가면 어디로 간다구?"

"어디든지. 그냥 곧장 …."

그때 어린 왕자가 정색을 하고 말했다.

"괜찮아, 내가 사는 곳은 아주 작거든."

그러고는 약간 서글픈 생각이 들었던지 이렇게 덧붙였다.

"곧장 앞으로 가 봤댔자 그렇게 멀리 갈 수도 없는걸…."

4

나는 이렇게 해서 또 한 가지의 중요한 사실을 알게 되었다. 그것은 어린 왕자가 태어난 별이 겨우 집채만한 작은 별이라는 것이었다.

그러나 그게 그다지 놀라운 일은 아니었다. 나는 지구나 목성, 화성, 금성 등의 이름이 붙어 있는 큰 행성들 외에도, 망원경으로도 잘 보이지 않는 작은 별들이 무수하게 더 있다는 사실을 잘 알고 있었다. 천문학자가 이런 별을 하나 발견하면 이름 대신 번호를 붙여 준다. 예컨대 '소행성 325'라고 부르는 것이다.

"But if you don't tie him," I said, "he will wander off somewhere, and get lost."

My friend broke into another peal of laughter:

"But where do you think he would go?"

"Anywhere. Straight ahead of him."

Then the little prince said, earnestly:

"That doesn't matter. Where I live, everything is so small!"

And, with perhaps a hint of sadness, he added:

"Straight ahead of him, nobody can go very far..."

4

I had thus learned a second fact of great importance: this was that the planet the little prince came from was scarcely any larger than a house!

But that did not really surprise me much. I knew very well that in addition to the great planets—such as the Earth, Jupiter, Mars, Venus—to which we have given names, there are also hundreds of others, some of which are so small that one has a hard time seeing them through the telescope. When an astronomer discovers one of these he does not give it a name, but only a number. He might call it, for example, "Asteroid 325."

'소행성 B612호에 서 있는 어린 왕자'

'The Little Prince on Asteroid B-612'

나는 어린 왕자가 소행성 B-612에서 왔다고 생각하는데, 거기에는 상당한 이유가 있다. 이 소행성은 1909년에 터키의 한 천문학자가 단 한 번 망원경으로 보았을 뿐이다. 그때 이 천문학자는 국제 천문학회에서 자기가 발견한 별에 대해 당당하게 증명을 해 보였다. 그러나 그가 입은 터키 옷 때문에 누구 하나 그의 말을 믿으려 하지 않았다.

어른들은 늘 이렇다.

소행성 B-612의 명성을 위해서는 참으로 다행스럽게, 터키의 한 독재자가 그의 백성들에게 유럽식 옷인 양복을 입지 않으면 사형에 처한다고 했다. 그래서 이 천문학자는 1920년에 아주 멋진 양복을 입고 다시 발표를 했다. 그러자 이번에는 모두 그의 말을 믿었다.

내가 소행성 B-612에 대해 이렇게 자세히, 그 번호까지 분명히 밝혀 두는 것은 다 어른들 때문이다. 어른들은 숫자를 좋아한다. 우리가 새 친구를 사귀었다고 어른들에게 말하면, 어른들은 도무지 가장 중요한 것은 물어보지도 않는다. "그 애의 목소리는 어때? 어떤 놀이를 좋아하지? 그 애도 나비를 채집하니?" 이런 것은 절대로 묻는 법이 없다. "그 애는 몇 살이니? 형제들은 몇이나 되지? 몸무게는 얼마나 나가? 그 애 아버지는 돈을 얼마나 버신다니?" 어른들은 이런 숫자들로만 그 애를 판단한다.

만일 우리가 어른들에게, "아주 아름다운 장밋빛 벽돌집을 보았어요. 창문에 제라늄이 있고, 지붕 위에 비둘기가 있어요." 하고 말한다면, 어른들은 그 집을 상상해 내지 못할 것이다. "2만 달러짜리 집을 보았어요."라고 말하면, 그때야 비로소 그들은 감탄할 것이다. "얼마나

I have serious reason to believe that the planet from which the little prince came is the asteroid known as B-612. This asteroid has only once been seen through the telescope. That was by a Turkish astronomer, in 1909. On making his discovery, the astronomer had presented it to the International Astronomical Congress, in a great demonstration. But he was in Turkish costume, and so nobody would believe what he said.

Grown-ups are like that...

Fortunately, however, for the reputation of Asteroid B-612, a Turkish dictator made a law that his subjects, under pain of death, should change to European costume. So in 1920 the astronomer gave his demonstration all over again, dressed with impressive style and elegance. And this time everybody accepted his report.

If I have told you these details about the asteroid, and made a note of its number for you, it is on account of the grown-ups and their ways. Grown-ups love figures. When you tell them that you have made a new friend, they never ask you any questions about essential matters. They never say to you, "What does his voice sound like? What games does he love best? Does he collect butterflies?" Instead, they demand: "How old is he? How many brothers has he? How much does he weigh? How much money does his father make?" Only from these figures do they think they have learned anything about him.

If you were to say to the grown-ups: "I saw a beautiful house made of rosy brick, with geraniums in the windows and doves on the roof," they would not be able to get any idea of that house at all. You would

아름다울까!" 하고.

그러므로 우리가 "어린 왕자가 있었다는 증거로, 그 애가 아주 귀여웠고, 잘 웃었고, 양을 갖고 싶어했다는 것이다. 누군가가 양을 갖고 싶어한다면, 그것은 그 사람이 이 세상에 있는 증거이다."라고 어른들에게 말한다면, 그들은 어깨를 으쓱해 보이며 우리를 아이로 취급할 것이다.

그러나 "어린 왕자가 소행성 B612에서 왔다."고 말하면, 어른들은 금세 우리말을 알아듣고, 여러 가지 질문 따위로 우리를 귀찮게 하지 않을 것이다. 어른들이란 언제나 이렇다. 그렇다고 해서 그들을 탓해서는 안 된다. 어린이들은 늘 어른들을 너그럽게 대해야 한다.

그러나 인생을 이해하고 있는 우리는 숫자 따위는 대수롭지 않게 여긴다. 나는 이 이야기를 옛날 이야기조로 시작하고 싶었다.

"옛날에 자기보다 조금 클까말까한 작은 별에 어린 왕자가 살고 있었지. 그는 친구가 갖고 싶어서…." 이렇게 이야기하고 싶었다. 인생을 이해하는 사람들에게는 이런 식의 이야기가 훨씬 더 진실하게 마음에 다가왔을 것이다.

나는 사람들이 내 책을 가

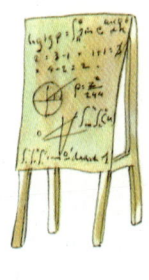

have to say to them: "I saw a house that cost $20,000." Then they would exclaim: "Oh, what a pretty house that is!"

Just so, you might say to them: "The proof that the little prince existed is that he was charming, that he laughed, and that he was looking for a sheep. If anybody wants a sheep, that is a proof that he exists." And what good would it do to tell them that? They would shrug their shoulders, and treat you like a child.

But if you said to them: "The planet he came from is Asteroid B-612," then they would be convinced, and leave you in peace from their questions.

They are like that. One must not hold it against them. Children should always show great forbearance toward grown-up people.

But certainly, for us who understand life, figures are a matter of indifference. I should have liked to begin this story in the fashion of the fairytales. I should have liked to say: "Once upon a time there was a little prince who lived on a planet that was scarcely any bigger than himself, and who had need of a sheep..."

To those who understand life, that would have given a much greater air of truth to my story.

볍게 읽어 버리는 것이 싫다. 이 추억을 이야기하려니 온갖 슬픈 생각이 울컥 치밀어오른다. 내 꼬마 친구가 양을 가지고 떠난 지가 어느덧 6년이 되었다. 지금 여기에 그의 모습을 그려 보려고 하는 것은 그를 잊지 않기 위해서이다. 친구를 잊어버린다는 것은 슬픈 일이다. 누구나 친구를 갖는 건 아니니까. 만일 내가 그 꼬마 친구를 잊는다면, 나 역시 숫자밖에는 관심이 없는 어른들처럼 되어 버릴지 모른다.

내가 이제 다시 그림물감 한 갑과 연필 몇 자루를 사온 것은 이것 때문이다. 여섯 살 때 속이 보이는 보아 구렁이와 속이 보이지 않는 보아 구렁이밖에는 그려 보지 못한 내가, 이 나이에 다시 그림을 그리기 시작한다는 건 힘든 일이다. 물론 나는 힘 닿는 한 그의 모습과 가장 비슷한 초상화를 그리려고 노력할 것이다. 그러나 성공할 수 있을는지는 정말 자신이 없다. 어떤 그림은 그런대로 괜찮아 보이지만 어떤 그림은 아주 마음에 들지 않는다. 키도 조금씩 틀린다. 이쪽 어린 왕자는 너무 크고 저쪽은 너무 작다. 또 옷 색깔에서도 망설인다. 그래서 나는 이렇게도 해 보고 저렇게도 해 보고, 이럭저럭 맞추어 본다.

아무튼 나는 더 중요한 어느 부분을 잘못 그릴지도 모르겠다. 그래도 나를 용서해 줘야 한다. 왜냐하면 내 친구는 아무런 설명도 해 주지 않았다. 그는 아마 나도 자기와 같은 줄로 생각했던가 보다. 그러나 불행하게도 나는 상자를 꿰뚫고 그 속에 들어 있는 양을 볼 줄은 모른다. 어쩌면 나도 어느 정도는 어른이 되어 버린 듯하다. 나도 나이를 먹을 수밖에 없었으니까.

For I do not want any one to read my book carelessly. I have suffered too much grief in setting down these memories. Six years have already passed since my friend went away from me, with his sheep. If I try to describe him here, it is to make sure that I shall not forget him. To forget a friend is sad. Not every one has had a friend. And if I forget him, I may become like the grown-ups who are no longer interested in anything but figures...

It is for that purpose, again, that I have bought a box of paints and some pencils. It is hard to take up drawing again at my age, when I have never made any pictures except those of the boa constrictor from the outside and the boa constrictor from the inside, since I was six. I shall certainly try to make my portraits as true to life as possible. But I am not at all sure of success. One drawing goes along all right, and another has no resemblance to its subject. I make some errors, too, in the little prince's height: in one place he is too tall and in another too short. And I feel some doubts about the color of his costume. So I fumble along as best I can, now good, now bad, and I hope generally fair-to-middling.

In certain more important details I shall make mistakes, also. But that is something that will not be my fault. My friend never explained anything to me. He thought, perhaps, that I was like himself. But I, alas, do not know how to see sheep through the walls of boxes. Perhaps I am a little like the grown-ups. I have had to grow old.

5

나는 어린 왕자의 별이나 출발, 여행에 대해 날마다 조금씩 알게 되었다. 어린 왕자가 무심코 하는 말들을 통해 서서히 알게 된 것이었다. 사흘째 되는 날 바오밥나무의 비극에 대해서 알게 된 것도 그런 식으로였다.

이번에도 역시 양 덕분이었다. 심각한 의문이 생긴 듯이 어린 왕자가 느닷없이 이렇게 물었기 때문이다.

"양이 작은 나무를 먹는다는 게 정말이야?"

"그럼, 정말이고말고."

"야! 그럼 잘됐네!

양이 작은 나무를 먹는다는 것이 왜 그다지도 중요한 사실인지 나는 이해할 수 없었다. 그러나 어린 왕자는 말을 이었다.

"그럼 바오밥나무도 먹겠지?"

나는 어린 왕자에게 다음과 같이 설명해 주었다. 바오밥나무는 작은 나무가 아니라 성당만큼이나 커다란 나무이고, 그렇기 때문에 코끼리 떼를 데려간다 해도 바오밥나무 한 그루를 다 먹어치우지 못할 것이다.

어린 왕자는 코끼리 떼라는 말에 싱긋 웃으며 말했다.

"코끼리들을 포개 놓아야겠네…."

그러나 총명하게 이런 말도 했다.

5

As each day passed I would learn, in our talk, something about the little prince's planet, his departure from it, his journey. The information would come very slowly, as it might chance to fall from his thoughts. It was in this way that I heard, on the third day, about the catastrophe of the baobabs.

This time, once more, I had the sheep to thank for it. For the little prince asked me abruptly—as if seized by a grave doubt— "It is true, isn't it, that sheep eat little bushes?"

"Yes, that is true."

"Ah! I am glad!"

I did not understand why it was so important that sheep should eat little bushes. But the little prince added:

"Then it follows that they also eat baobabs?"

I pointed out to the little prince that baobabs were not little bushes, but, on the contrary, trees as big as castles; and that even if he took a whole herd of elephants away with him, the herd would not eat up one single baobab.

The idea of the herd of elephants made the little prince laugh.

"We would have to put them one on top of the other," he said.

But he made a wise comment:

"바오밥나무도 커다랗게 자라기 전엔 작은 나무잖아."

"물론이지!" 나는 말했다. "그런데 왜 양에게 바오밥나무를 먹이려고 하니?"

"에이! 참!" 어린 왕자는 그런 당연한 것도 모르느냐는 것처럼 대꾸했다. 그래서 나는 혼자서 그 어려운 수수께끼를 푸느라고 한참 머리를 짜내야만 했다.

실제로 어린 왕자가 사는 별에는 다른 모든 별과 마찬가지로 좋은 풀과 나쁜 풀이 있었다. 따라서 좋은 풀들의 좋은 씨들과 나쁜 풀들의 나쁜 씨들이 있었다. 그러나 씨앗들은 작아서 눈에 보이지 않는다. 땅 속 깊이 잠들어 있다가 그 중의 하나가 돌연 깨어나고 싶어진다. 그러면 그 씨앗은 기지개를 켜고, 태양을 향해 처음엔 머뭇거리면서 그 예쁘고

"Before they grow so big, the baobabs start out by being little."

"That is strictly correct," I said. "But why do you want the sheep to eat the little baobabs?"

He answered me at once, "Oh, come, come!", as if he were speaking of something that was self-evident. And I was obliged to make a great mental effort to solve this problem, without any assistance.

Indeed, as I learned, there were on the planet where the little prince lived—as on all planets—good plants and bad plants. In consequence, there were good seeds from good plants, and bad seeds from bad plants. But seeds are invisible. They sleep deep in the heart of the earth's darkness, until some one among them is seized with the desire to awaken. Then this little seed will stretch itself and begin—timidly at

'바오밥나무들'

'The Baobabs'

작은 싹을 조심스레 땅 위로 내민다. 그것이 무나 장미의 싹이라면 자라게 내버려 둬도 상관없다.

그러나 나쁜 식물의 싹이면 눈에 띄는 대로 즉시 뽑아 버려야 한다. 그런데 어린 왕자의 별에는 무서운 씨앗들이 있었는데, 바로 바오밥나무의 씨앗이었다.

그 별의 땅에는 바오밥나무 씨앗투성이였다. 그런데 바오밥나무는 자칫 늦게 손을 쓰면 그땐 정말 처치할 수 없게 된다. 별을 온통 엉망으로 만드는 것이다. 뿌리로 별에 구멍을 뚫어 버리는 것이다. 게다가 별이 너무 작은데 바오밥나무가 너무 많으면 별은 산산조각으로 터져 버리고 만다.

어린 왕자는 후에 이렇게 말했다.

"그건 규율의 문제야. 아침에 몸단장을 하고 나서 정성껏 별의 몸단장을 해 줘야 해. 규칙적으로 신경을 써서 장미와 구별할 수 있게 되면, 곧 바오밥나무를 뽑아 버려야 해. 바오밥나무는 싹일 때는 장미와 매우 비슷하게 생겼어. 그것은 귀찮기도 하지만 어렵진 않은 일이지."

그리고 하루는 나에게, 우리 땅에 사는 어린이들 머릿속에 새겨 둘 수 있는 예쁜 그림을 하나 그려 보라고 했다.

"어린아이들이 언젠가 여행을 할 때, 도움이 될 거야. 할 일을 뒤로 미루는 것이 괜찮을 때도 있지만, 바오밥나무의 경우에 그랬다가는 큰 사고가 나고 말지. 게으름뱅이가 살고 있는 어느 별을 아는데, 그는 작은 나무 세 그루를 무심히 내버려 두었다가…."

그래서 나는 어린 왕자가 가르쳐 주는 대로 그 별을 그렸다. 나는 성

first—to push a charming little sprig inoffensively upward toward the sun. If it is only a sprout of radish or the sprig of a rose-bush, one would let it grow wherever it might wish.

But when it is a bad plant, one must destory it as soon as possible, the very first instant that one recognizes it. Now there were some terrible seeds on the planet that was the home of the little prince; and these were the seeds of the baobab. The soil of that planet was infested with them. A baobab is something you will never, never be able to get rid of if you attend to it too late. It spreads over the entire planet. It bores clear through it with its roots. And if the planet is too small, and the baobabs are too many, they split it in pieces...

"It is a question of discipline," the little prince said to me later on. "When you've finished your own toilet in the morning, then it is time to attend to the toilet of your planet, just so, with the greatest care. You must see to it that you pull up regularly all the baobabs, at the very first moment when they can be distinguished from the rosebushes which they resemble so closely in their earliest youth. It is very tedious work," the little prince added, "but very easy."

And one day he said to me: "You ought to make a beautiful drawing, so that the children where you live can see exactly how all this is. That would be very useful to them if they were to travel some day. Sometimes," he added, "there is no harm in putting off a piece of work until another day. But when it is a matter of baobabs, that always means a catastrophe. I knew a planet that was inhabited by a lazy man. He neglected three little bushes..."

인군자투로 말하기는 싫다. 그러나 바오밥나무의 위험은 잘 알려져 있지 않고, 여행을 하다가 소행성에서 길을 잘못 들면 위험이 너무도 크기 때문에, 한 번만 침묵을 버리고 말하려고 한다.

"어린이들이여! 바오밥나무를 조심하라!"

내가 이 그림을 이렇게까지 정성껏 그린 이유는 내 친구들에게 경각심을 불러일으키기 위해서이다. 그들은 나와 마찬가지로 오래 전부터 자신들도 모르는 사이에 위험에 둘러싸여 있다. 이 그림을 통해 내가 전하는 교훈은 이 그림을 그리느라 애쓸 만한 가치가 있다는 것이다.

여러분은 이런 의문을 가질지도 모르겠다. '이 책에는 왜 바오밥나무만큼 장엄한 그림이 또 없을까?'

그 대답은 간단하다. 다른 그림들도 그렇게 그리려고 애써 보았지만 뜻대로 되지 않았던 것이다. 바오밥나무를 그릴 때는 위급하다는 마음에 심혈을 기울여 그렸던 것이다.

6

아, 어린 왕자! 이렇게 해서 나는 조금씩 조금씩 너의 쓸쓸하고 단순한 생활을 알게 되었다. 네게는 오랫동안 오락이라고는 해질녘의 풍경을 바라보는 고즈넉함밖에 없었지. 나흘째 되는 날 아침, 나는 네가 이렇게 말했을 때, 그 새로운 사실을 알았다.

"나는 저녁놀 빛을 좋아해. 해지는 걸 보러 가…."

"하지만 기다려야 해." 나는 말했다.

So, as the little prince described it to me, I have made a drawing of that planet. I do not much like to take the tone of a moralist. But the danger of the baobabs is so little understood, and such considerable risks would be run by anyone who might get lost on an asteroid, that for once I am breaking through my reserve.

"Children," I say plainly, "watch out for the baobabs!"

My friends, like myself, have been skirting this danger for a long time, without ever knowing it; and so it is for them that I have worked so hard over this drawing. The lesson which I pass on by this means is worth all the trouble it has cost me.

Perhaps you will ask me, "Why are there no other drawings in this book as magnificent and impressive as this drawing of the baobabs?"

The reply is simple. I have tried. But with the others I have not been successful. When I made the drawing of the baobabs I was carried beyond myself by the inspiring force of urgent necessity.

6

Oh, little prince! Bit by bit I came to understand the secrets of your sad little life... For a long time you had found your only entertainment in the quiet pleasure of looking at the sunset. I learned that new detail on the morning of the fourth day, when you said to me:

"I am very fond of sunsets. Come, let us go look at a sunset now."

"But we must wait," I said.

"뭘 기다려?"

"해가 지기를 기다려야지."

너는 처음에는 몹시 의아해하는 듯했지만,

이내 웃음을 터뜨리며 내게 말했지.

"난 아직도 우리 집에 있는 줄 알았어!"

실제로 그럴 수도 있다. 모두들 아는 바와 같이, 미국에서 정오일 때 프랑스에서는 해가 진다. 1분 만에 프랑스로 갈 수만 있다면 해가 지는 광경을 볼 수 있을 것이다.

그런데 불행히도 프랑스는 너무 멀리 떨어져 있다. 그러나 네 작은 별에서는 의자를 몇 발짝 뒤로 물려 놓기만 하면 되었지. 그래서 보고 싶을 때면 언제나 넌 해지는 모습을 바라볼 수 있었지.

"어느 날인가는," 너는 내게 말했다.

"해가 지는 걸 마흔네 번이나 봤어!"

"Wait? For what?"

"For the sunset. We must wait until it is time."

At first you seemed to be very much surprised. And then you laughed to yourself. You said to me:

"I am always thinking that I am at home!"

Just so. Everybody knows that when it is noon in the United States the sun is setting over France. If you could fly to France in one minute, you could go straight into the sunset, right from noon. Unfortunately, France is too far away for that. But on your tiny planet, my little prince, all you need to do is move your chair a few steps. You can see the day end and the twilight falling whenever you like...

"One day," you said to me, "I saw the sunset forty-four times!"

그러고는 조금 사이를 둔 후 다시 말을 이었다.

"아주 쓸쓸할 때는 해지는 모습이 보고 싶어…."

"그땐 그렇게도 쓸쓸했단 말이니?" 내가 물었다. "그럼 마흔네 번이나 해지는 걸 보던 날은?"

그러나 어린 왕자는 아무 대답이 없었다.

7

다섯째 날, 역시 양 덕분으로 어린 왕자의 생활의 비밀을 한 가지 더 알게 되었다. 오랫동안 속으로 곰곰 생각하던 끝에 튀어나온 말인 듯 그가 불쑥 내게 물었다.

"양이 작은 나무를 먹는다면 꽃도 먹겠지?"

"양은 닥치는 대로 뭐든 다 먹지." 내가 대답했다.

"가시가 있는 꽃도 먹어?"

"물론이지. 가시 있는 꽃도 먹고말고."

"그럼 가시가 무슨 소용이야?"

나도 그것은 알지 못했다. 그때 나는 엔진의 나사가 너무 꽉 조여 있어 그것을 빼내는 데 정신이 팔려 있었다. 비행기의 고장이 치명적인 것처럼 여겨졌고, 먹을 물도 얼마 남지 않아서 최악의 사태를 당할까 봐 나는 무척 불안했다.

"가시가 무슨 소용이 있냐구?"

어린 왕자는 한번 질문하면 절대로 그냥 지나치는 법이 없었다. 나는 나사 때문에 신경이 바짝 곤두서 있었기 때문에 아무렇게나 대답해 버

And a little later you added:

"You know—one loves the sunset, when one is so sad..."

"Were you so sad, then?" I asked, "on the day of the forty-four sunsets?"

But the little prince made no reply.

7

On the fifth day—again, as always, it was thanks to the sheep—the secret of the little prince's life was revealed to me. Abruptly, without anything to lead up to it, and as if the question had been born of long and silent meditation on his problem, he demanded:

"A sheep—if it eats little bushes, does it eat flowers, too?"

"A sheep," I answered, "eats anything it finds in its reach."

"Even flowers that have thorns?"

"Yes, even flowers that have thorns."

"Then the thorns—what use are they?"

I did not know. At that moment I was very bush trying to unscrew a bolt that had got stuck in my engine. I was very much worried, for it was becoming clear to me that the breakdown of my plane was extremely serious. And I had so little drinking-water left that I had to fear the worst.

"The thorns—what use are they?"

The little prince never let go of a question, once he had asked it. As for me, I was upset over that bolt. And I answered with the first thing

렸다.

"가시는 아무 데도 소용이 없어. 꽃들이 심술궂어서 달고 있는 거지!"

"그래?"

잠깐 침묵이 흘렀다. 이윽고 어린 왕자는 원망스럽다는 듯 내게 이렇게 톡 쏘아붙였다.

"아저씨 말은 틀렸어! 꽃들은 연약하고 순진해. 꽃들은 자기들이 할 수 있는 방식으로 스스로를 보호하는 거야. 가시가 있으면 자기가 아주 무서운 존재나 되는 줄로 믿는 거라구…."

나는 아무 대꾸도 하지 않았다. 그때 나는 '이 나사가 끝내 말썽을 부리면 망치로 두들겨 부숴 버려야지.' 하는 생각을 하고 있었다. 어린 왕자는 다시 내 생각을 흔들었다.

"아저씨 생각으로는 그럼 꽃들이…."

"아니야! 아니라구!" 나는 소리쳤다. "난 아무렇게도 생각 안 해. 그냥 되는 대로 대답했을 뿐이야. 난 지금 중대한 일 때문에 정신이 없다구!"

그는 어처구니가 없다는 듯이 나를 바라보았다.

"중대한 일!"

어린 왕자는 시꺼먼 기름투성이인 손에 망치를 들고, 그에게는 흉측스럽게 보이는 물체 위로 몸을 굽히고 있는 나의 모습을 바라보았다.

"아저씨는 어른들같이 말하는군!"

그 말에 나는 조금 부끄러워졌다. 어린 왕자는 말을 이어갔다.

"아저씨는 모든 걸 혼동하고 있어…. 모든 걸 혼동하고 있다구!"

that came into my head:

"The thorns are of no use at all. Flowers have thorns just for spite!"

"Oh!"

There was a moment of complete silence. Then the little prince flashed back at me, with a kind of resentfulness:

"I don't believe you! Flowers are weak creatures. They are naive. they reassure themselves as best they can. They believe that their thorns are terrible weapons..."

I did not answer. At that instant I was saying to myself: "If this bolt still won't turn, I am going to knock it out with the hammer." Again the little prince disturbed my thoughts:

"And you actually believe that the flowers..."

"Oh, no!" I cried. "No, no, no! I don't believe anything. I answered you with the first thing that came into my head. Don't you see—I am very busy with matters of consequence!"

He stared at me, thunderstruck.

"Matters of consequence!"

He looked at me there, with my hammer in my hand, my fingers black with engine-grease, bending down over an object which seemed to him extremely ugly...

"You talk just like the grown-ups!"

That made me a little ashamed. But he went on, relentlessly:

"You mix everything up to together... You confuse everything..."

그는 정말 잔뜩 화가 나 있었다. 그의 금빛 머리칼이 바람에 날리고 있었다.

"나는 얼굴이 벌건 신사가 살고 있는 별을 알고 있어. 그는 꽃 향기라고는 맡아 본 적도 없고, 별을 바라본 적도 없어. 누군가를 사랑해 본 일도 없고. 오로지 숫자 계산만 하면서 살아왔어. 그리고 하루종일 아저씨처럼 '나는 중요한 일 땜에 바쁜 사람이라구.' 하고 되뇌고 있어. 그 말이 무슨 자랑인 듯 뽐내고 있어. 하지만 그는 사람이 아니야. 버섯이라구!"

"뭐?"

"버섯이라니까!"

어린 왕자는 너무 화가 나서 얼굴이 하얗게 질려 있었다.

"수백만 년 전부터 꽃들은 가시를 만들어 왔어. 양도 역시 수백만 년 전부터 꽃을 먹어 왔고. 그런데도 왜 그들이 아무런 쓸모도 없는 가시를 만드느라고 고생을 하는지 알아보려고 하는 게 중요한 일이 아니라는 거야? 꽃과 양의 싸움은 큰일이 아니란 말이지? 이게 시뻘건 뚱보 신사가 하는 계산보다 더 중요한 게 아니라는 거야? 그래서 이 세상에서 오직 내 별에밖에 없는, 이 세상에 단 하나뿐인 꽃을, 작은 양이 어느 날 아침 무심코 따 먹어 버린다면, 그게 중대한 일이 아니란 말이야?"

어린 왕자는 얼굴이 붉게 상기되어 말을 이었다.

"만일 누군가가 수백만 개의 별들 중에 자라고 있는 단 하나밖에 없는 꽃을 사랑한다면, 그는 별들을 바라보는 것만으로도 행복할 거야. 그는 속으로 '내 꽃이 저기 어딘가에

He was really very angry. He tossed his golden curls in the breeze.

"I know a planet where there is a certain red-faced gentleman. He has never smelled a flower. He has never looked at a star. He has never loved any one. He has never done anything in his life but add up figures. And all day he says over and over, just like you: 'I am busy with matters of consequence!' And that makes him swell up with pride. But he is not a man—he is a mushroom!"

"A what?"

"A mushroom!"

The little prince was now white with rage.

"The flowers have been growing thorns for millions of years. For millions of years the sheep have been eating them just the same. And is it not a matter of consequence to try to understand why the flowers go to so much trouble to grow thorns which are never of any use to them? Is the warfare between the sheep and the flowers not important? Is this not of more consequence than a fat red-faced gentleman's sums? And if I know—I, myself—one flower which is unique in the world, which grows nowhere but on my planet, but which one little sheep can destroy in a single bite some morning, without even noticing what he is doing—Oh! You think that is not important!"

His face turned from white to red as he continued:

"If some one loves a flower, of which just one single blossom grows in all the millions and millions of stars, it is enough to make him happy just to look at the stars. He can say to himself: 'Somewhere, my flower

있겠지….' 하고 생각할 수 있거든. 하지만 양이 그 꽃을 따 먹어 버린 다면, 그에게는 갑자기 모든 별들이 빛을 잃는 거나 마찬가지야! 그런데도 이게 중요한 일이 아니라는 거야?"

어린 왕자는 더 말을 잇지 못하고 갑자기 흐느껴 울기 시작했다.

이미 해가 진 뒤였다. 나는 손에 들고 있던 연장들을 내려놓았다. 지금 이 순간에는 망치도 나사도 목마름도 죽음도 모두 하찮게 여겨졌다. 어떤 별, 어떤 행성, 내 별, 이 지구 위에 위로해 줘야 할 어린 왕자가 있었던 것이었다. 나는 두 팔로 어린 왕자를 품에 안고 부드럽게 흔들어 주면서 말했다.

"네가 사랑하는 꽃은 위험하지 않아. 내가 네 양에다 굴레를 그려 줄게…. 그리고 꽃을 둘러쌀 울타리도 그려 주마. 또…."

나는 더 이상 무슨 말을 해야 할지 알지 못했다. 내 자신이 무척 서투르게 느껴졌다. 어떻게 해야 어린 왕자의 마음을 다시 붙잡을 수 있을지 알 수 없었다.

눈물의 나라란 참으로 신비로운 것이다.

8

나는 곧 그 꽃에 대해 좀더 자세히 알게 되었다. 어린 왕자의 별에는 전부터 꽃잎이 한 겹뿐인 아주 소박한 꽃들이 있었다. 그 꽃들은 별로 자리를 차지하지도 않았고 아무도 귀찮게 굴지 않았다. 어느 날 아침 풀 속에 피어났다가는 저녁이면 소롯이 시들어 버리는 꽃이었다.

그런데 어느 날, 그 꽃은 어딘지 모를 곳에서 날아온 씨앗이 싹을 틔

is there...' But if the sheep eats the flower, in one moment all his stars will be darkened... And you think that is not important!"

He could not say anything more. His words were chocked by sobbing.

The night had fallen. I had let my tools drop from my hands. Of what moment now was my hammer, my bolt, or thrist, or death? On one star, one planet, my planet, the Earth, there was a little prince to be comforted. I took him in my arms, and rocked him. I said to him:

"The flower that you love is not in danger. I will draw you a muzzle for your sheep. I will draw you a railing to put around your flower. I will—"

I did not know what to say to him. I felt awkward and blundering. I did not know how I could reach him, where I could overtake him and go on hand in hand with him once more.

It is such a secret place, the land of tears.

8

I soon learned to know this flower better. On the little prince's planet the flowers had always been very simple. They had only one ring of petals; they took up no room at all; they were a trouble to nobody. One morning they would appear in the grass, and by night they would have faded peacefully away.

But one day, from a seed blown from no one knew where, a new

운 것이다. 그 싹은 아주 새로운 것이었다. 그래서 어린 왕자는 다른 싹들과 닮지 않은 그 싹을 유심히 살펴보았다. 새로운 종류의 바오밥나무일지도 모르기 때문이었다. 그런데 그 싹은 작은 나무가 되더니, 곧 더 이상 자라는 것을 멈추고 꽃봉오리가 생기기 시작했다. 큰 꽃봉오리가 맺히는 것을 지켜보던 어린 왕자는 이제 곧 봉오리에서 어떤 기적 같은 것이 나타나리라고 생각했다. 그러나 꽃은 그 연녹색 방 속에 숨어 언제까지고 예쁜 단장만 하기에 바빴다. 개양귀비꽃처럼 후줄그레한 모습으로 나오기가 싫었던 것이다. 꽃은 꼼꼼히 빛깔을 골라서 천천히 옷을 입고 꽃잎을 하나둘씩 다듬고 있었다. 눈부시게 아름다운 모습으로 세상에 등장하고 싶었던 것이다. 아! 정말 예쁜 꽃이었다. 그래서 그의 신비로운 몸단장은 며칠이고 계속되었던 것이다.

그러던 어느 날 아침, 막 해가 돋을 무렵에 이 꽃은 활짝 피어났다.

그런데 공들여 온갖 몸단장을 마친 그 꽃은 하품을 하면서 말했다.

"아! 이제야 겨우 잠에서 깼네요…. 실례를 용서하세요…. 머리가 온통 헝클어져 있어서요."

그때 어린 왕자는 너무나 아름다운 꽃의 모습에 감탄을 누를 수가 없었다.

"오, 이렇게 예쁠 수가!"

"그래요?" 꽃은 상냥하게 대답했다. "난 해님와 같이 태어났답니다…."

어린 왕자는 그 꽃이 그다지 겸손하지 않다는 것을 알아차렸다. 그러나 몹시도 매혹적인 꽃이었다.

flower had come up; and the little prince had watched very closely over this small sprout which was not like any other small sprouts on his planet. It might, you see, have been a new kind of baobab.

But the shrub soon stopped growing, and began to get ready to produce a flower. The little prince, who was present at the first appearance of a huge bud, felt at once that some sort of miraculous apparition must emerge from it. But the flower was not satisfied to complete the preparations for her beauty in the shelter of her green chamber. She chose her colors with the greatest care. She dressed herself slowly. She adjusted her petals one by one. She did not wish to go out into the world all rumpled, like the field poppies. It was only in the full radiance of her beauty that she wished to appear. Oh, yes! She was a coquettish creature! And her mysterious adornment lasted for days and days.

Then one morning, exactly at sunrise, she suddenly showed herself.

And, after working with all this painstaking precision, she yawned and said:

"Ah! I am scarcely awake. I beg that you will excuse me. My petals are still all disarranged..."

But the little prince could not restrain his admiration:

"Oh! How beautiful you are!"

"Am I not?" the flower responded, sweetly. "And I was born at the same moment as the sun..."

The little prince could guess easily enough that she was not any too modest—but how moving—and exciting—she was!

"아침 식사 시간이에요." 잠시 후 꽃은 말을 이었다. "제 식사 좀 차려다 주시겠어요?"

어린 왕자는 무슨 뜻인지 몰라 잠시 어리둥절하다가, 맑은 물을 물뿌리개에 담아 꽃에 뿌려 주었다.

꽃은 피어나자마자 한껏 수줍은 허영심으로 어린 왕자의 마음을 괴롭혔다. 예컨대 어느 날은 자기가 가진 네 개의 가시 이야기를 하며 어린 왕자에게 이렇게 말하기도 했다.

"호랑이들이 아무리 발톱을 세우고 달려들어도 끄떡없다구요."

"우리 별엔 호랑이들이 없어. 그리고 호랑이들은 풀을 먹지도 않아." 어린 왕자는 반박했다.

"난 풀이 아니에요." 그 꽃이 조금 풀이 죽어 대답했다.

"미안해…."

"난 호랑이 따위는 무섭지 않아요." 꽃은 이어서 말했다. "하지만 바람은 질색이에요. 날 위해 바람막이 좀 만들어 주실래요?"

'바람은 질색이라… 식물로서는 참 안됐는걸.' 어린 왕자는 속으로 생각했다. '식물치고는 매우 까다로운데?'

"저녁에는 내게 유리 덮개를 씌워 줘요. 당신이 사는 여기는 몹시 춥네요. 내가 살던 곳은…."

"I think it is time for breakfast," she added an instant later. "If you would have the kindness to think of my needs—"

And the little prince, completely abashed, went to look for a sprinkling-can of fresh water. So, he tended the flower.

So, too, she began very quickly to torment him with her vanity—which was, if the truth be known, a little difficult to deal with. One day, for instance, when she was speaking of her four thorns, she said to the little prince:

"Let the tigers come with their claws!"

"There are no tigers on my planet," the little prince objected.

"And, anyway, tigers do not eat weeds."

"I am not a weed," the flower replied, sweetly.

"Please excuse me..."

"I am not at all afraid of tigers," she went on, "but I have a horror of drafts. I suppose you wouldn't have a screen for me?"

"A horror of drafts—that is bad luck, for a plant," remarked the little prince, and added to himself, "This flower is a very complex creature..."

"At night I want you to put me under a glass globe. It is very cold where you live. In the place I came from—"

그러나 꽃은 말을 잇지 못했다. 그 꽃은 씨앗으로 왔기 때문에 다른 세상에 대해서 아는 바가 있을 리 없었다. 그처럼 뻔한 거짓말을 하려다 들킨 것이 부끄러워진 그 꽃은 거짓말을 얼버무릴 양으로 기침을 두세 번 했다.

"바람막이가 있느냐구요?"

"지금 찾아보려는 중이야."

그러자 꽃은 어린 왕자에게 미안함을 느끼게 하려고 더 심하게 기침을 했다. 그래서 어린 왕자는 진심에서 우러나온 좋은 마음을 갖고 있으면서도 꽃을 의심하기 시작했다. 그는 대수롭지 않은 말들을 심각하게 받아들여서 아주 불행해졌다.

어느 날 그는 내게 이런 속마음을 털어놓았다.

"꽃이 하는 말 따위에는 귀를 기울이지 말아야 했어. 꽃의 말에 절대로 귀를 기울이면 안 돼. 바라보고 향기를 맡기만 하면 충분해. 꽃은 내 별을 향기로 뒤덮었는데도 나는 그 향기를 즐길 줄 몰랐어. 그 발톱 이야기에 약올라할 것이 아니라 실은 가엾게 여겼어야 했는데…."

그는 또 이렇게도 말했다.

"나는 그때 아무것도 이해할 줄 몰랐던 거야. 꽃의 말이 아니라 행동을 보고 판단했어야 했어. 꽃은 내게 향기와 아름다움으로 내 마음을 즐겁게 해 주었는데.

But she interrupted herself at that point. She had come in the form of a seed. She could not have known anything of any other worlds. Embarrassed over having let herself be caught on the verge of such a naive untruth, she coughed two or three times, in order to put the little prince in the wrong.

"The screen?"

"I was just going to look for it when you spoke to me..."

Then she forced her cough a little more so that he should suffer from remorse just the same.

So the little prince, in spite of all the good will that was inseparable from his love, had soon come to doubt her. He had taken seriously words which were without importance, and it made him very unhappy.

"I ought not to have listened to her," he confided to me one day. "One never ought to listen to the flowers. One should simply look at them and breathe their fragrance. Mine perfumed all my planet. But I did not know how to take pleasure in all her grace. This tale of claws, which disturbed me so much, should only have filled my heart with tenderness and pity."

And he continued his confidences:

"The fact is that I did not know how to understand anything! I ought to have judged by deeds and not by words. She cast her fragrance and her radiance over me. I ought never to have run away from her... I

결코 도망치지 말았어야 했는데! 그 어쭙잖은 허세 뒤에 애정이 숨어 있다는 걸 알았어야 했는데. 꽃들은 모순된 말을 잘 하니까! 하지만 난 꽃을 사랑하기엔 너무 어렸어…."

9

나는 어린 왕자가 철새들의 이동을 이용하여 그의 별에서 떠나왔을 것이라고 생각한다. 별을 떠나는 날 아침, 그는 자기의 별을 깨끗이 정리해 두었다. 불을 뿜는 화산들을 정성껏 청소해 주었다. 그에게는 불을 뿜는 화산이 두 개가 있었는데, 그것들은 아침밥을 짓는 데 아주 편리했다. 불이 꺼진 화산도 하나 있었다. 그러나 어린 왕자는 '어떻게 될지 알 수 없기 때문에'라고 말했다. 그래서 그는 불 꺼진 화산도 똑같이 청소했다. 화산들은 제때에 청소만 잘 해 주면 조용히, 규칙적으로 폭발하지 않고 불을 뿜는다. 화산의 폭발은 벽난로의 불과도 같다.

물론 지구 위에 사는 우리는 너무 작아 화산을 청소해 줄 수가 없다. 그래서 우리는 화산 폭발로 인해 자주 곤란한 일을 겪는 것이다.

어린 왕자는 좀 서글픈 마음으로 바오밥나무의 새싹들도 뽑아 냈다. 다시는 돌아오지 못하리라고 그는 생각했던 것이다. 그런데 익숙하게 해 왔던 그 모든 일들이 그날 아침에는 유난히 그립게만 느껴졌다. 그래서 꽃에 마지막으로 물을 주고 유리 덮개를 씌워 주려고 할 때, 그는 터질 듯한 울음을 참아야만 했다.

"잘 있어." 그는 꽃에게 말했다.

그러나 꽃은 대답하지 않았다.

ought to have guessed all the affection that lay behind her poor little stratagems. Flowers are so inconsistent! But I was too young to know how to love her..."

9

I believe that for his escape he took advantage of the migration of a flock of wild birds. On the morning of his departure he put his planet in perfect order. He carefully cleaned out his active volcanoes. He possessed two active volcanoes; and they were very convenient for heating his breakfast in the morning. He also had one volcano that was extinct. But, as he said, "One never knows!" So he cleaned out the extinct volcano, too. If they are well cleaned out, volcanoes burn slowly and steadily, without any eruptions. Volcanic eruptions are like fires in a chimney.

On our earth we are obviously much too small to clean out our volcanoes. That is why they bring no end of trouble upon us.

The little prince also pulled up, with a certain sense of dejection, the last little shoots of the baobabs. He believed that he would never want to return. But on this morning all these familiar tasks seemed very precious to him. And when he watered the flower for the last time, and prepared to place her under the shelter of her glass globe, he realized that he was very close to tears.

"Goodbye," he said to the flower.

But she made no answer.

'그는 화산을 깨끗하게 청소했다.'

'He carefully cleaned out his active volcanoes.'

"잘 있으라구." 그가 다시 말했다.

꽃은 기침을 했다. 하지만 그것은 감기 때문이 아니었다.

이윽고 꽃이 말했다.

"내가 바보였어요. 용서해 줘요. 그리고 부디 행복하기를 빌어요."

심술을 부리지 않는 꽃이 어린 왕자는 이상하게 여겨졌다. 그는 유리 덮개를 손에 든 채 어쩔 줄 몰라하며 우두커니 서 있었다. 어린 왕자는 꽃이 왜 이다지 다소곳하게 얌전한지 어리둥절했다.

"난 당신을 좋아해요." 꽃이 어린 왕자에게 말했다. "당신은 그것을 전혀 몰랐지요. 제 탓이에요. 아무래도 좋아요. 하지만 당신도 나와 같이 어리석었지요. 부디 행복하기를…. 유리 덮개는 내버려 둬요. 이젠 없어도 돼요."

"하지만 바람이…."

"내 감기는 그다지 대단한 게 아니에요…. 밤의 차가운 공기가 내게 더 나을 거예요. 나는 꽃이니까요."

"하지만 벌레들이…."

"나비를 만나려면 두세 마리의 벌레는 견뎌야지요. 나비는 무척 멋진 모양이니까…. 나비가 아니면 누가 나를 찾아 주겠어요? 당신은 멀리 가 있을 테니까요. 커다란 짐승들은 두렵지 않아요. 난 발톱이 있잖아요."

그러면서 꽃은 천진난만하게 네 개의 가시를 보여 주며 말을 이었다.

"그렇게 우물거리지 말아요. 떠나기로 마음먹었으니 얼른 가세요."

꽃은 자기의 우는 모습을 어린 왕자에게 보이고 싶어하지 않았다. 그토록 자존심이 강한 꽃이었다….

"Goodbye," he said again.

The flower coughed. But it was not because she had a cold.

"I have been silly," she said to him, at last. "I ask your forgiveness. Try to be happy..."

He was surprised by this absence of reproaches. He stood there all bewildered, the glass globe held arrested in mid-air. He did not understand this quiet sweetness.

"Of course I love you," the flower said to him. "It is my fault that you have not known it all the while. That is of no importance. But you—you have been just as foolish as I. Try to be happy... Let the glass globe be. I don't want it any more."

"But the wind—"

"My cold is not so bad as all that... The cool night air will do me good. I am a flower."

"But the animals—"

"Well, I must endure the presence of two or three caterpillars if I wish to become acquainted with the butterflies. It seems that they are very beautiful. And if not the butterflies—and the caterpillars—who will call upon me? You will be far away... As for the large animal—I am not at all afraid of any of them. I have my claws."

And, naively, she showed her four thorns. Then she added:

"Don't linger like this. You have decided to go away. Now go!"

For she did not want him to see her crying. She was such a proud flower...

10

어린 왕자가 살던 별은 소행성 325호, 326호, 327호, 328호, 329호, 그리고 330호와 이웃하고 있었다. 그래서 어린 왕자는 일거리도 구하고 견문도 넓힐 생각으로 그 별들부터 찾아보기로 했다.

맨 첫번째 찾아간 별에는 왕이 살고 있었다. 왕은 붉은색 옷에 흰 담비 모피로 만든 옷을 입고, 매우 소박하면서도 위엄이 있는 옥좌에 앉아 있었다.

"아! 신하가 한 사람 왔구나!"

어린 왕자가 오는 것을 보고 왕이 큰 소리로 외쳤다.

어린 왕자는 의아하게 생각되었다.

'날 본 적도 없는데 어떻게 알아보지?'

왕에게는 세상이 아주 간단하다는 것을 어린 왕자는 몰랐던 것이다. 왕들에게는 모든 사람이 다 자기의 신하인 것이다.

"너를 좀더 자세히 볼 수 있도록 가까이 오라."

왕 노릇을 하게 된 것이 몹시 자랑스러워진 왕이 말했다.

어린 왕자는 앉을 자리를 찾아보았으나, 그 별은 전체가 다 흰 담비 모피 망토로 뒤덮여 있었다. 그래서 어린 왕자는 서 있을 수밖에 없었다. 왕자는 피곤하여 하품을 했다.

"어전에서 하품하는 것은 예의에 어긋나는 일이니라. 짐은 하품을 금지하노라." 왕이 말했다.

"하품을 참을 수는 없어요. 오랫동안 여행을 하느라 잠을 자지 못했거든요…." 당황해하며 어린 왕자가 말했다.

10

*H*e found himself in the neighborhood of the asteroids 325, 326, 327, 328, 329, and 330. He began, therefore, by visitng them, in order to add to his knowledge.

The first of them was inhabited by a king. Clad in royal purple and ermine, he was seated upon a throne which was at the same time both simple and majestic.

"Ah! Here is a subject," exclaimed the king, when he saw the little prince coming.

And the little prince asked himself:

"How could he recognize me when he had never seen me before?"

He did not know how the world is simplified for kings. To them, all men are subjects.

"Approach, so that I may see you better," said the king, who felt consumingly proud of being at last a king over somebody.

The little prince looked everywhere to find a place to sit down; but the entire planet was crammed and obstructed by the king's maginificent ermine robe. So he remained standing upright, and, since he was tired, he yawned.

"It is contrary to etiquette to yawn in the presence of a king," the monarch said to him.

"I forbid you to do so."

"I can't help it. I can't stop myself," replied the little prince, thoroughly embarrassed. "I have come on a long journey, and I have had no sleep..."

"그렇다면 네게 명하노니 하품을 하도록 하라. 하품하는 걸 본 지도 몇 해가 지났구나. 하품하는 모습은 구경거리니라. 자! 또 하품을 해라. 명령이다."

왕이 말했다.

"그렇게 말씀하시니 겁이 나서 하품이 나오지 않네요…"

어린 왕자는 얼굴을 붉히며 말했다.

"에헴! 에헴! 그렇다면 짐이… 명하노니 어느 때는 하품을 하고 또 어느 때는…"

그는 뭐라고 중얼중얼했다. 기분이 언짢은 듯했다.

"Ah, then," the king said. "I order you to yawn. It is years since I have seen anyone yawning. Yawns, to me, are objects of curiosity. Come, now! Yawn again! It is an order."

"That frightens me... I cannot, any more..." murmured the little prince, now completely abashed.

"Hum! Hum!" replied the king. "Then I—I order you sometimes to yawn and sometimes to—"

He sputtered a little, and seemed vexed.

왜냐하면 왕은 자신의 권위가 세워지기를 무엇보다도 바라고 있었기 때문이었다. 불복종은 용서할 수 없었다. 그는 절대 군주였다. 하지만 매우 착했기 때문에 사리에 맞는 명령만 내리는 것이었다.

"예컨대 짐이 어떤 장군에게 물새로 변하라고 명령했는데, 장군이 이 명령에 따르지 않았다면, 그건 장군의 잘못이 아니라 짐의 잘못이니라."

왕은 평상시에 늘 말하곤 했다.

"앉아도 될까요?" 어린 왕자가 조심스럽게 물었다.

"네게 앉을 것을 명하노라."

흰 담비 모피 옷 한 자락을 위엄 있게 걷어올리며 왕이 대답했다.

'이 별은 아주 작은데 왕은 무엇을 다스린다는 거지?'

어린 왕자는 의아하기만 했다.

"폐하," 어린 왕자가 왕에게 물었다. "한 가지 여쭈어 보고 싶은 것이 있는데요…."

"네게 질문할 것을 명하노라." 왕은 어린 왕자에게 선뜻 대답했다.

"폐하…, 무엇을 다스리시는지요?"

"모든 것을 다스리노라."

왕은 매우 간략하게 대답했다.

"모든 것을요?"

왕은 손으로 자기의 별과 다른 별들, 그리고 떠돌이별들을 가리켰다.

"이 모든 것을요?" 어린 왕자가 물었다.

"이 모든 것을 다 다스리느니라…." 왕이 대답했다.

그는 절대 군주이자 온 우주의 군주이기도 했던 것이다.

For what the king fundamentally insisted upon was that his authority should be respected. He tolerated no disobedience. He was an absolute monarch. But, because he was a very good man, he made his orders reasonable.

"If I ordered a general," he would say, by way of example, "if I ordered a general to change himself into a sea bird, and if the general did not obey me, that would not be the fault of the general. It would be my fault."

"May I sit down?" came now a timid inquiry from the little prince.

"I order you to do so," the king answered him, and majestically gathered in a fold of his ermine mantle.

But the little prince was wondering... The planet was tiny. Over what could this king really rule?

"Sire," he said to him, "I beg that you will excuse my asking you a question—"

"I order you to ask me a question," the king hastened to assure him.

"Sire—over what do you rule?"

"Over everything," said the king, with magnificent simplicity.

"Over everything?"

The king made a gesture, which took in his planet, the other planets, and all the stars.

"Over all that?" asked the little prince.

"Over all that," the king answered.

For his rule was not only absolute: it was also universal.

"그럼 저 별들도 폐하의 명령에 복종하나요?"

"물론이고말고!" 왕은 대답했다. "별들은 즉시 복종한다. 짐의 명령에 거역하는 것을 용서치 않느니라."

왕이 말했다.

그러한 엄청난 권력에 어린 왕자는 놀랐다. 그도, 그런 힘을 가질 수 있다면 의자를 뒤로 물리지 않고서도 하루에 마흔네 번뿐만이 아니라, 일흔두 번, 아니 1백 번, 2백 번까지라도 해지는 것을 볼 수 있었을 게 아닌가! 자기가 버리고 온 작은 별에 대한 추억 때문에 조금 슬퍼진 어린 왕자는 용기를 내어 왕에게 한 가지 청을 했다.

"저는 저녁놀 빛이 보고 싶습니다… 제발 제 소원을 들어 주세요…. 해가 지도록 명령해 주세요…."

"만일 짐이 어떤 장군에게, 나비처럼 이 꽃에서 저 꽃으로 날아다니라고 명령하거나 희곡을 한 편 쓰라고 명령하거나, 또는 물새로 변하라고 명령했는데, 장군이 그 명령에 복종하지 않는다면 잘못한 것은 그일까, 짐일까?"

"그야 폐하의 잘못이지요." 어린 왕자가 야무지게 말했다.

"맞도다. 누구에게나 그가 할 수 있는 것을 요구해야 한다. 권위는 무엇보다도 이성에 근거를 두어야 한다. 만일 네가 네 백성에게 바다에 몸을 던지라고 명령한다면 그들은 혁명을 일으킬 것이니라. 내가 복종을 요구할 권리가 있는 것은 내 명령들이 이치에 맞는 까닭이니라."

"그럼 제가 저녁놀 빛이 보고 싶다고 한 것은요?" 한번 질문한 것은 절대로 잊어버리지 않는 어린 왕자가 이렇게 일깨웠다.

"해지는 것을 보게 해 주겠노라. 짐이 명령하겠노라. 그러나 내 통치

"And the stars obey you?"

"Certainly they do," the king said. "They obey instantly. I do not permit insubordination."

Such power was a thing for the little prince to marvel at. If he had been master of such complete authority, he would have been able to watch the sunset, not forty-four times in one day, but seventy-two, or even a hundred, or even two hundred times, without ever having to move his chair. And because he felt a bit sad as he remembered his little planet which he had forsaken, he plucked up his courage to ask the king a favor:

"I should like to see a sunset... Do me that kindness... Order the sun to set..."

"If I ordered a general to fly from one flower to another like a butterfly, or to write a tragic drama, or to change himself into a sea bird, and if the general did not carry out the order that he had received, which one of us would be in the wrong?" the king demanded. "The general, or myself?"

"You," said the little prince firmly.

"Exactly. One must require from each one the duty which each one can perform," the king went on. "Accepted authority rests first of all on reason. If you ordered your people to go and throw themselves into the sea, they would rise up in revolution. I have the right to require obedience because my orders are reasonable."

"Then my sunset?" the little prince reminded him: for he never forget a question once he had asked it.

"You shall have your sunset. I shall command it. But, according to

방식에 따라 조건이 갖추어지기를 기다려야만 하느니라."

"그때가 언제입니까?" 어린 왕자가 물었다.

왕은 먼저 큰 달력을 찾아보고 나서 대답하였다.

"에헴! 에헴! 오늘 저녁… 오늘 저녁 7시 40분경이니라! 짐의 명령이 얼마나 정확히 이행되는지 너는 보게 되리라." 왕이 대답했다.

어린 왕자는 하품을 했다. 그는 저녁놀 빛을 못 보게 된 것이 서운했다. 그리고 벌써 좀 지루해졌다.

"저는 여기서 아무것도 할 일이 없네요." 어린 왕자는 왕에게 말했다. "그러니 다시 떠나겠습니다!"

"가지 마라."

신하를 한 사람 갖게 된 것이 몹시 자랑스러웠던 왕이 대답했다.

"가지 말라. 너를 대신으로 삼겠노라!"

"무슨 대신이요?"

"무슨 대신이냐면… 법무 대신이니라!"

"하지만 재판받을 사람이 아무도 없잖아요!"

"그건 모를 일이지." 왕은 왕자에게 말했다. "짐은 아직 짐의 왕국을 다 돌아보지 않았느니라. 짐은 매우 늙었다. 마차를 세워 둘 장소도 없고, 걸어다니자면 피곤해지거든."

"아! 제가 벌써 다 둘러보았어요." 어린 왕자는 별 저 쪽을 다시 한 번 흘끗 바라보며 말했다. 이 곳은 말할 것도 없고 저 쪽에도 아무도 없었다.

"그럼 네 자신을 재판하라." 왕이 대답했다. "그것이 가장 어려운 일이니라. 남을 재판하는 것보다 자기 자신을 재판하는 게 훨씬 더 어려

my science of government, I shall wait until conditions are favorable."

"When will that be?" inquired the little prince.

"Hum! Hum!" replied the king; and before saying anything else he consulted a bulky almanac. "Hum! Hum! That will be about—about—that will be this evening about twenty minutes to eight. And you will see how well I am obeyed!"

The little prince yawned. He was regretting his lost sunset. And then, too, he was already beginning to be a little bored.

"I have nothing more to do here," he said to the king. "So I shall set out on my way again."

"Do not go," said the king, who was very proud of having a subject. "Do not go. I will make you a Minister!"

"Minister of what?"

"Minister of—of Justice!"

"But there is nobody here to judge!"

"We do not know that," the king said to him. "I have not yet made a complete tour of my kingdom. I am very old. There is no room here for a carriage. And it tires me to walk."

"Oh, But I have looked already!" said the little prince, turning around to give one more glance to the other side of the planet. On that side, as on this, there was nobody at all...

"Then you shall judge yourself," the king answered. "That is the most difficult thing of all. It is much more difficult to judge oneself than to

운 법이거든. 네가 네 자신을 공정하게 재판할 수 있다면 너는 참으로 지혜로운 사람이니라." 왕이 대답했다.

"네." 어린 왕자가 말했다. "저는 어디서든 스스로를 재판할 수 있어요. 굳이 여기에서 살 이유는 없지요."

"에헴, 에헴!" 왕이 말했다. "좋은 이유가 있지. 내 별 어딘가에 늙은 쥐 한 마리가 있는 게 분명하다. 밤에 그 소리를 들었다. 너는 이 늙은 쥐를 재판할 수 있지. 종종 그를 사형에 처하거라. 그러면 쥐의 생명은 네 재판에 달리게 될 것이다. 그러나 매번 그에게 특사를 베풀도록 하라. 단 한 마리밖에 없기 때문이니라."

"저는…," 어린 왕자가 대답했다. "아무에게도 사형 선고를 내리기 싫습니다. 그러니 저는 지금 가야겠어요."

"가지 마라." 왕이 말했다.

어린 왕자는 떠날 준비를 마쳤지만 늙은 왕을 섭섭하게 만들고 싶지 않았다.

"폐하의 명령이 지켜지기를 원하신다면, 제게 정당한 명령을 내려주시면 됩니다. 예컨대 1분 내로 떠나도록 명령하실 수 있습니다. 지금 조건이 다 갖춰졌는데요."

왕이 아무 대답도 하지 않자 어린 왕자는 잠시 주저하다가 한숨을 내쉬고는 곧 길을 떠났다.

"너를 내 대사로 임명하노라." 왕이 급히 외쳤다.

왕은 여전히 위엄을 부렸다.

"어른들은 참 이상하단 말이야." 어린 왕자는 여행을 계속하면서 혼자 중얼거렸다.

judge others. If you succeed in judging yourself rightly, then you are indeed a man of true wisdom."

"Yes," said the little prince, "but I can judge myself anywhere. I do not need to live on this planet."

"Hum! Hum!" said the king. "I have good reason to believe that somewhere on my planet there is an old rat. I hear him at night. You can judge this old rat. From time to time you will condemn him to death. Thus his life will depend on your justice. But you will pardon him on each occasion; for he must be treated thriftily. He is the only one we have."

"I," replied the little prince, "do not like to condemn anyone to death. And now I think I will go on my way."

"No," said the king.

But the little prince, having now completed his preparations for departure, had no wish to grieve the old monarch.

"If Your Majesty wishes to be promptly obeyed," he said, "he should be able to give me a reasonable order. He should be able, for example, to order me to be gone by the end of one minute. It seems to me that conditions are favorable..."

As the king made no answer, the little prince hesitated a moment. Then, with s sigh, he took his leave.

"I make you my Ambassador," the king called out, hastily.

He had a magnificent air of authority.

"The grown-ups are very strange," the little prince said to himself, as he continued on his journey.

11

두번째 별에는 잘난 체하는 남자가 살고 있었다.

"아! 저기 나를 찬미하는 사람이 찾아오는구나!" 어린 왕자를 보자마자 잘난 체하는 남자가 멀리서부터 외쳤다.

허영심이 가득 찬 사람들에게는 다른 사람들은 모두 자기를 찬양하는 사람들로 보이는 것이다.

"안녕하세요." 어린 왕자가 말했다. "참 독특한 모자를 쓰고 계시군요."

"이건 답례하기 위한 모자란다." 잘난 체하는 남자가 대답했다. "나에게 사람들이 갈채를 보낼 때 답례하기 위해서야. 그런데 불행히도 이리로 지나가는 사람이 아무도 없구나."

"그래요?" 말은 했지만 어린 왕자는 무슨 말인지 이해하지 못했다.

"손뼉을 쳐 봐." 잘난 체하는 남자가 지시했다.

어린 왕자는 두 손을 마주쳤다. 그러자 잘난 체하는 남자는 모자를 살짝 들어올리며 점잖게 인사했다.

'왕을 방문할 때보다 훨씬 더 재미있는걸.' 어린 왕자는 속으로 중얼거리면

11

The second planet was inhabited by a conceited man.

"Ah! Ah! I am about to receive a visit from an admirer!" he exclaimed from afar, when he first saw the little prince coming.

For, to conceited men, all other men are admirers.

"Good morning," said the little prince. "That is a queer hat you are wearing."

"It is a hat for salutes," the conceited man replied. "It is to raise in salute when people acclaim me. Unfortunately, nobody at all ever passes this way."

"Yes?" said the little prince, who did not understand what the conceited man was talking about.

"Clap your hands, one against the other," the conceited man now directed him.

The little prince clapped his hands. The conceited man raised his hat in a modest salute.

"This is more entertaining than the visit to the king," the little prince said to himself. And he began again to clap his hands, one against the

서 다시 한 번 손뼉을 쳤다. 잘난 체하는 남자가 모자를 들어올리며 다시 답례를 했다.

5분 동안이나 손뼉을 친 어린 왕자는 그 놀이가 재미없어졌다.

"모자를 떨어뜨리려면 어떻게 해야 하나요?" 어린 왕자가 물었다.

그러나 잘난 체하는 남자는 그의 말을 못 들은 체하였다. 잘난 체하는 사람들에게는 오로지 칭찬하는 말만 들리는 법이다.

"너는 진실로 나를 찬양하니?" 그가 어린 왕자에게 물었다.

"찬양한다는 게 무슨 뜻인데요?"

"찬양한다는 건 말이야, 내가 이 별에서 가장 잘생기고, 가장 옷을 잘 입고, 가장 부자이고, 더욱이 가장 똑똑하다고 생각해 주는 거란다."

"하지만 이 별에는 아저씨 혼자밖에 없잖아요!"

"부탁이다. 아무튼 나를 찬양해 줘."

"아저씨를 찬양해요." 어린 왕자는 어깨를 조금 들썩하면서 말했다. "그런데 그게 아저씨에게 무슨 의미가 있나요?"

그리고 어린 왕자는 그 별을 떠났다.

'어른들은 정말 이상하단 말이야.' 어린 왕자는 여행을 계속하면서 이렇게 중얼거렸다.

12

그 다음 별에는 술고래가 살고 있었다. 그 별에는 아주 잠깐만 있었지만 어린 왕자는 아주 우울해졌다.

"거기서 뭘 하세요?" 그는 술고래에게 물었다. 그 술고래는 빈 병과

other. The conceited man again raised his hat in salute.

After five minutes of this exercise the little prince grew tired of the game's monotony.

"And what should one do to make the hat come down?" he asked.

But the conceited man did not hear him. Conceited people never hear anything but praise.

"Do you really admire me very much?" he demanded of the little prince.

"What does that mean— 'admire'?"

"To admire means that you regard me as the handsomest, the best-dressed, the richest, and the most intelligent man on this planet."

"But you are the only man on your planet!"

"Do me this kindness. Admire me just the same."

"I admire you," said the little prince, shrugging his shoulders slightly, "but what is there in that to interest you so much?"

And the little prince went away.

"The grown-ups are certainly very odd," he said to himself, as he continued on his journey.

12

The next planet was inhabited by a tippler. This was a very short visit, but it plunged the little prince into deep dejection.

"What are you doing there?" he said to the tippler, whom he found

술이 가득 차 있는 병 한 무더기를
앞에 놓고 말없이 앉아 있었다.
"술을 마시고 있어." 침울한 표정으로 술고래가 대답했다.
"왜 술을 마시나요?" 어린 왕자가 그에게 물었다.
"잊기 위해서란다." 술고래가 대답했다.
"무엇을 잊으시려고요?" 어린 왕자는 그 술고래가 가엾은
생각이 들었다.
"부끄러움을 잊기 위해서야." 머리를
숙이며 술고래가 대답했다.

settled down in silence before a collection of empty bottles and also a collection of full bottles.

"I am drinking," replied the tipper, with a lugubrious air.

"Why are you drinking?" demanded the little prince.

"So that I may forget," replied the tipper.

"Forget what?" inquired the little prince, who already was sorry for him.

"Forget that I am ashamed," the tippler confessed, hanging his head.

"뭐가 부끄러우신데요?" 그를 돕고 싶은 어린 왕자가 계속 물었다.

"술을 마시는 게 부끄러워!" 이렇게 말하고 술고래는 입을 다물었다.

그래서 민망해진 어린 왕자는 그 곳을 떠났다.

'어른들은 정말 이상하단 말이야.' 어린 왕자는 이렇게 중얼거리면서 여행을 계속하였다.

13

네 번째 별에는 장사꾼이 살고 있었다. 그 사람은 어찌나 바쁜지 어린 왕자가 찾아왔는데도 고개조차 들지 않았다.

"안녕하세요?" 어린 왕자가 말했다.

"담뱃불이 꺼졌군요."

"셋에다 둘을 더하면 다섯, 다섯에 일곱을 더하면 열둘, 열둘에 셋을 더하면 열다섯. 안녕. 열다섯에 일곱을 더하면 스물둘, 스물둘에 여섯을 더하면 스물여덟, 다시 담뱃불 붙일 시간도 없다니까. 스물여섯에 다섯을 더하면 서른하나…. 후유! 그러니까 5억 162만 2,731이 되는구나."

"뭐가 5억인데요?"

"어? 너 아직 거기 있었니? 응, 5억 1백만…. 계속 일해야 해…. 너무 바빠서! 나는 중요한 일을 하고 있지. 허튼 짓을 할 시간이 없단다! 둘에다 다섯을 더하면 일곱…."

"5억 1백만 몇이라구요?" 한번 질문한 대답은 반드시 들어야 하는 어린 왕자가 다시 물었다.

"Ashamed of what?" insisted the little prince, who wanted to help him. "Ashamed of drinking!" The tipper brought his speech to an end, and shut himself up in an impregnable silence.

And the little prince went away, puzzled.

"The grown-ups are certainly very, very odd," he said to himself, as he continued on his journey.

13

The fourth planet belonged to a businessman. This man was so much occupied that he did not even raise his head at the little prince's arrival.

"Good morning," the little prince said to him. "Your cigarette has gone out."

"Three and two make five. Five and seven make twelve. Twelve and three make fifteen. Good morning. Fifteen and seven make twenty-two. Twenty-two and six make twenty-eight. I haven't time to light it again. Twenty-six and five make thirty-one. Phew! Then that makes five-hundred-and-one million, six-hundred-twenty-two thousand, seven-hundred-thirty-one."

"Five hundred million what?" asked the little prince.

"Eh? Are you still there? Five-hundred-and-one million—I can't stop... I have so much to do! I am concerned with matters of consequence. I don't amuse myself with balderdash. Two and five make seven..."

"Five-hundred-and-one million what?" repeated the little prince,

장사꾼은 고개를 들었다.

"이 별에서 54년 동안 살아 오는 동안 내가 방해를 받은 적은 딱 세 번뿐이야. 첫번째는 22년 전이었는데, 현기증 때문에 중심을 잃은 거위가 어디서 날아와 떨어졌을 때지. 그 소리가 어찌나 요란했는지 나는 덧셈을 네 군데나 틀렸었지. 두 번째는 11년 전이었는데, 신경통 때문이었어. 난 운동 부족이지만 산책할 시간이 없어. 세 번째는 바로 지금이야! 가만 있자, 5억 1백만…."

"무엇이 몇 백만이란 말이에요?"

장사꾼은 이 질문에 대답해 주지 않고서는 조용히 일하기 틀렸다는 것을 깨달았다.

"수백만의 작은 것들," 그는 말했다. "가끔 하늘에 보이는 것 말이야."

who never in his life had let go of a question once he had asked it.

The businessman raised his head.

"During the fifty-four years that I have inhabited this planet, I have been disturbed only three times. The first time was twenty-two years ago, when some giddy goose fell from goodness knows where. He made the most frightful noise that resounded all over the place, and I made four mistakes in my addition. The second time, eleven years ago, I was disturbed by an attack of rheumatism. I don't get enough exercise. I have no time for loafing. The third time—well, this is it! I was saying, then, five-hundred-and-one millions—"

"Millions of what?"

The businessman suddenly realized that there was no hope of being left in peace until he answered this question.

"Millions of those little objects," he said, "which one sometimes sees in the sky."

"파리요?"

"아니, 반짝반짝 빛나는 작은 것들 말이야."

"꿀벌?"

"아, 아니. 게으름뱅이들을 공상에 잠기게 만드는 작은 금빛 물체 말이지. 그런데 난 중대한 일을 하는 사람이거든! 허황한 꿈에 잠길 시간이 없단다."

"아! 별을 말하는 건가요?"

"그래 맞아, 별이야."

"그럼 5억의 별로 뭘 하는 건데요?"

"5억 162만 2,731개야. 나는 중대한 일을 하고 있는 사람이고 내 숫자는 정확해."

"그런데 이 별들을 가지고 뭘 하는 건데요?"

"뭘 하느냐고?"

"네."

"아무것도 안 해. 단지 그것들을 소유하는 거지."

"아저씨가 별들을 소유한다구요?"

"그래."

"하지만 내가 전에 만난 어느 왕은…."

"왕은 소유하지 않고 다스릴 뿐이야. 이건 아주 다른 문제야."

"그런데 별들을 소유하는 게 아저씨에게 무슨 소용이 되지요?"

"부자가 되게 해 주거든."

"부자가 되면 뭐가 좋아요?"

"다른 별들이 발견되면 그걸 살 수 있게 해 주지."

"Flies?"

"Oh, no. Little glittering objects."

"Bees?"

"Oh, no. Little golden objects that set lazy men to idle dreaming. As for me, I am concerned with matters of consequence. There is no time for idle dreaming in my life."

"Ah! You mean the stars?"

"Yes, that's it. The stars."

"And what do you do with five-hundred millions of stars?"

"Five-hundred-and-one million, six-hundred-twenty-two thousand, seven-hundred-thirty-one. I am concerned with matters of consequence: I am accurate."

"And what do you do with these stars?"

"What do I do with them?"

"Yes."

"Nothing. I own them."

"You own the stars?"

"Yes."

"But I have already seen a king who—"

"Kings do not own, they reign over. It is a very different matter."

"And what good does it do you to own the stars?"

"It does me the good of making me rich."

"And what good does it do you to be rich?"

"It makes it possible for me to buy more stars, if any are discovered."

'이 사람도,' 어린 왕자는 생각했다. '그 가엾은 술고래처럼 말하는구나.'

그래도 어린 왕자는 또 다른 질문을 계속했다.

"별들을 어떻게 소유할 수 있어요?"

"대체 누가 별들을 소유한다는 거지?" 장사꾼은 비위에 거슬린 듯 물었다.

"잘 모르겠는데요. 아무의 소유도 아니겠지요."

"그러니까 내 것이라는 거야. 내가 제일 먼저 소유한다는 생각을 해냈으니까."

"생각만으로도 소유할 수 있나요?"

"물론이지. 네가 임자 없는 다이아몬드를 발견한다면 그건 네 거야. 임자가 없는 섬을 네가 발견하면 그건 네 소유가 되는 거지. 네가 어떤 아이디어를 생각해 냈으면 특허를 받아서 네 소유로 만들 수 있는 거야. 그러니까 나도 별들을 소유하고 있는 거야. 왜냐하면 나보다 먼저 별들을 소유할 생각을 한 사람은 아무도 없으니까."

"하긴 그러네요." 어린 왕자가 말했다. "그런데 아저씨는 그 별들로 뭘 하려는 거예요?"

"관리한단다." 장사꾼이 대답했다. "세어 보고 또 세어 보지. 그건 힘든 일이야. 하지만 나는 중요한 일에 관심이 많거든!"

어린 왕자는 잘 이해가 되지 않았다.

"나는 실크 스카프가 있으면," 어린 왕자는 말했다. "그것을 목에 두르고 다닐 수가 있어요. 또 꽃이 있으면 그 꽃을 꺾어서 가지고 다니지요. 하지만 아저씨는 별들을 딸 수가 없잖아요!"

"This man," the little prince said to himself, "reasons a little like my poor tippler..."

Nevertheless, he still had some more questions.

"How is it possible for one to own the stars?"

"To whom do they belong?" the businessman retorted, peevishly.

"I don't know. To nobody."

"Then they belong to me, because I was the first person to think of it."

"Is that all that is necessary?"

"Certainly. When you find a diamond that belongs to nobody, it is yours. When you discover an island that belongs to nobody, it is yours. When you get an idea before any one else, you take out a patent on it: it is yours. So with me: I own the stars, because nobody else before me ever thought of owning them."

"Yes, that is true," said the little prince. "And what do you do with them?"

"I administer them," replied the businessman. "I count them and recount them. It is difficult. But I am a man who is naturally interested in matters of consequence."

The little prince was still not satisfied.

"If I owned a silk scarf," he said, "I could put it around my neck and take it away with me. If I owned a flower, I could pluck that flower and take it away with me. But you cannot pluck the stars from heaven..."

"그래. 하지만 그것들을 은행에 맡길 수는 있지."

"그게 무슨 말이에요?"

"작은 종이 쪽지에 내 별들의 숫자를 적어 서랍에 넣고 잠가 둔단 말이야."

"그뿐이에요?"

"그걸로 충분해." 장사꾼이 말했다.

'그거 재미있는데,' 어린 왕자는 이렇게 생각했다. '제법 시적이야. 그러나 그다지 중요한 일은 아니로군.'

어린 왕자는 중요하다고 생각되는 일에 대해 어른들과는 몹시 다른 생각을 가지고 있었다.

"나는요, 꽃을 갖고 있어요." 그는 장사꾼에게 이야기를 해 주었다. "매일 물을 주지요. 세 개의 화산도 갖고 있는데 일주일에 한 번씩은 꼭 청소를 해 주지요. (불이 꺼진 사화산도 청소해 주지요. 언제 어떻게 될지 모르니까요.) 내가 그들을 소유하는 건 화산과 꽃에게 조금은 도움이 되지요. 하지만 아저씨는 별들에게 아무 쓸도도 없네요…."

장사꾼은 무슨 말을 하려고 했으나 대답할 말을 찾지 못했다. 그래서 어린 왕자는 그 곳을 떠났다.

'어른들은 모두 정말 너무 이상해.' 어린 왕자는 여행을 계속하면서 혼자 속으로 생각할 뿐이었다.

14

다섯 번째 별은 매우 이상했다. 이 별은 모든 별들 중에서도 제일 작

"No. But I can put them in the bank."

"Whatever does that mean?"

"That means that I write the number of my stars on a little paper. And then I put this paper in a drawer and lock it with a key."

"And that is all?"

"That is enough," said the businessman.

"It is entertaining," thought the little prince. "It is rather poetic. But it is of no great consequence."

On matters of consequence, the little prince had ideas which were very different from those of the grown-ups.

"I myself own a flower," he continued his conversation with the businessman, "which I water every day. I own three volcanoes, which I clean out every week (for I also clean out the one that is extinct; one never knows). It is of some use to my volcanoes, and it is of some use to my flower, that I own them. But you are of no use to the stars..."

The businessman opened his mouth, but he found nothing to say in answer. And the little prince went away.

"The grown-ups are certainly altogether extraordinary," he said simply, talking to himself as he continued on his journey.

14

The fifth planet was very strange. It was the smallest of all. There

은 별이었다. 이 별에는 가로등 하나와 가로등을 켜는 사람 하나가 있을 자리밖에 없었다. 하늘의 한 구석, 집도 없고 사람도 살지 않는 별 위에서 가로등과 가로등을 켜는 사람이 무슨 필요가 있는지 어린 왕자는 전혀 이해할 수가 없었다. 그렇지만 그는 속으로 중얼거렸다.

'이 사람도 어리석은 사람일지 몰라. 하지만 전에 만났던 왕이나 잘난 척하는 사람이나 장사꾼, 혹은 술고래보다는 덜 어리석은 사람이야. 적어도 이 사람이 하는 일은 어떤 의미가 있거든. 그가 가로등을 켤 때는 별 하나를 더 빛나게 하고, 꽃 한 송이를 더 태어나게 하는 것과도 같아. 그가 가로등을 끌 때면 꽃이나 별을 잠들게 하는 거야. 그건 굉장히 아름다운 직업인걸. 아름다우니까 쓸모가 있는 일이지.'

그 별에 도착하자 그는 가로등을 켜는 사람에게 공손히 인사를 했다.

"안녕하세요, 아저씨. 왜 가로등을 지금 막 끄셨어요?"

"그건 명령이야." 가로등 켜는 사람이 대답했다. "안녕."

"어떤 명령인데요?"

"가로등을 끄라는 명령이지. 잘 자."

그러고 나서 그는 다시 불을 켰다.

"그런데 왜 지금 막 또 가로등을 다시 켜셨어요?"

"그것도 명령이야."

"무슨 말인지 잘 모르겠어요." 어린 왕자가 말했다.

"이해하지 못할 것도 없어. 명령은 명령이니까. 잘 자." 가로등 켜는 사람이 말했다.

그러면서 그는 다시 가로등을 껐다.

그러고 나서는 붉은 바둑판 무늬의 손수건으로 이마의 땀을 닦았다.

was just enough room on it for a street lamp and a lamplighter. The little prince was not able to reach any explanation of the use of a street lamp and a lamplighter, somewhere in the heavens, on a planet which had no people, and not one house. But he said to himself, nevertheless:

"It may well be that this man is absurd. But he is not so absurd as the king, the conceited man, the businessman, and the tippler. For at least his work has some meaning. When he lights his street lamp, it is as if he brought one more star to life, or one flower. When he puts out his lamp, he sends the flower, or the star, to sleep. That is a beautiful occupation. And since it is beautiful, it is truly useful."

When he arrived on the planet he respectfully saluted the lamplighter.

"Good morning. Why have you just put out your lamp?"

"Those are the orders," replied the lamplighter. "Good morning."

"What are the orders?"

"The orders are that I put out my lamp. Good evening."

And he lighted his lamp again.

"But why have you just lighted it again?"

"Those are the orders," replied the lamplighter.

"I do not understand," said the little prince.

"There is nothing to understand," said the lamplighter. "Orders are orders. Good morning."

And he put out his lamp.

Then he mopped his forehead with a handkerchief decorated with red squares.

"내 일은 너무 힘들단다."

"I follow a terrible profession."

"난 정말 고된 일을 하고 있어. 전에는 그래도 이치에 맞았었지. 아침에 불을 끄고 저녁이면 다시 켰었거든. 그래서 나머지 낮에는 쉬고 밤에는 잠을 잘 수 있었어…."

"그럼 그 후 명령이 바뀌었군요?"

"명령은 바뀌지 않았어!" 가로등 켜는 사람이 말했다. "그게 비극이야. 이 별은 해가 갈수록 빨리 돌고 있는데 명령은 그대로란 말이야!"

"그래서요?" 어린 왕자가 다시 물었다.

"그래서 이제는 이 별이 1분에 한 바퀴씩 돌기 때문에 단 1초도 쉴 틈이 없게 된 거야. 1분마다 한 번씩 껐다가 켰다가 해야 하니까 말이야!"

"그거 참 이상하네요! 아저씨네 별에선 하루가 1분이라니요!"

"조금도 이상할 것 없어. 우리가 이야기를 하고 있는 동안 벌써 한 달이 지났단다." 가로등을 켜는 사람이 말했다.

"한 달요?"

"그래, 30분이니까, 30일이지! 잘 자."

그리고 그는 다시 불을 켰다.

어린 왕자는 그를 지켜보면서, 명령에 그토록 충실한 그 가로등 켜는 사람이 좋아졌다. 앉았던 의자를 뒤로 물리면서 해지는 광경을 보고 싶어하던 지난 일이 떠올랐다. 그래서 어린 왕자는 그 친구를 도와주고 싶었다.

"음…." 그가 말했다. "난 아저씨가 쉬고 싶을 때 쉴 수 있는 방법을 아는데…."

"나는 늘 쉬고 싶어." 가로등을 켜는 사람이 말했다.

"I follow a terrible profession. In the old days it was reasonable. I put the lamp out in the morning, and in the evening I lighted it again. I had the rest of the day for relaxation and the rest of the night for sleep."

"And the orders have been changed since that time?"

"The orders have not been changed," said the lamplighter. "That is the tradgy! From year to year the planet has turned more rapidly and the orders have not been changed!"

"Then what?" asked the little prince.

"Then—the planet now makes a complete turn every minute, and I no longer have a single second for repose. Once every minute I have to light my lamp and put it out!"

"That is very funny! A day lasts only one minute, here where you live!"

"It is not funny at all!" said the lamplighter. "While we have been talking together a month has gone by."

"A month?"

"Yes, a month. Thirty minutes. Thirty days. Good evening."

And he lighted his lamp again.

As the little prince watched him, he felt that he loved this lamplighter who was so faithful to his orders. He remembered the sunsets which he himself had gone to seek, in other days, merely by pulling up his chair; and he wanted to help his friend.

"You know," he said, "I can tell you a way you can rest whenever you want to…"

"I always want to rest," said the lamplighter.

사람은 누구나 성실하면서도 또 한편으로 게으름을 피우고 싶을 수도 있는 것이다.

어린 왕자는 말을 이었다.

"아저씨의 별은 아주 작으니까 세 발짝이면 한 바퀴를 돌 수 있지요. 그러니 항상 해를 보려면 천천히 걷기만 하면 돼요. 아저씨가 쉬고 싶을 땐 걸으세요. 그러면 원하는 만큼 낮이 길어질 거예요."

"그건 나한테 별 도움이 안 되겠는걸." 그가 말했다. "내가 원하는 것은 잠을 자는 거니까."

"그거 참 안됐네요."

어린 왕자가 말했다.

"나는 운이 없어. 잘 자." 가로등을 켜는 사람이 말했다.

그리고 가로등을 껐다.

'저 사람은,' 어린 왕자는 여행을 계속하면서 속으로 생각했다.

'다른 모든 사람에게 멸시를 받을 거야. 그 왕이나 잘난 체하는 사람이나 술고래, 또는 장사꾼 같은 사람들에게 멸시받을 테지. 하지만 진지한 사람은 저 사람뿐이야. 아마도 자기 일이 아닌 다른 일에 골몰하기 때문일 거야.'

그는 섭섭해서 한숨을 내쉬며 이렇게 생각했다.

'내 친구로 삼을 만한 사람은 저 아저씨뿐이었는데, 별이 너무 작아서 두 사람이 있을 자리가 없어….'

어린 왕자가 자기의 생각을 고백하지 못한 것은 날마다 1,440번이나 해가 지는 그 별을 떠나온 것이 무엇보다도 아쉬웠기 때문이었다.

For it is possible for a man to be faithful and lazy at the same time.

The little prince went on with his explanation:

"Your planet is so small that three strides will take you all the way around it. To be always in the sunshine, you need only walk along rather slowly. When you want to rest, you will walk—and the day will last as long as you like."

"That doesn't do me much good," said the lamplighter. "The one thing I love in life is to sleep."

"Then you're unlucky," said the little prince.

"I am unlucky," said the lamplighter. "Good morning."

And he put out his lamp.

"That man," said the little prince to himself, as he continued farther on his journey, "that man would be scorned by all the others: by the king, by the conceited man, by the tippler, by the businessman. Nevertheless he is the only one of them all who does not seem to me ridiculous. Perhaps that is because he is thinking of something else besides himself."

He breathed a sigh of regret, and said to himself, again:

"That man is the only one of them all whom I could have made my friend. But his planet is indeed too small. There is no room on it for two people..."

What the little prince did not dare confess was that he was sorry most of all to leave this planet, because it was blest every day with 1440 sunsets!

15

여섯 번째 별은 바로 전에 들렀던 별보다 열 배나 더 큰 별이었다. 그 별에는 엄청나게 큰 책을 쓰고 있는 노신사 한 사람이 살고 있었다.

"오! 탐험가가 하나 오는군!" 어린 왕자가 오는 것을 보며 그가 큰 소리로 외쳤다.

어린 왕자는 책상 위에 걸터앉아 가쁜 숨을 몰아쉬었다. 그는 벌써 아주 긴 여행을 했던 것이다.

"어디서 오느냐?" 그 노신사가 물었다.

"이 큰 책은 뭐예요?" 어린 왕자가 물었다. "여기서 뭘 하시고 계세요?"

"난 지리학자란다." 노신사가 말했다.

"지리학자가 뭐예요?" 어린 왕자가 물었다.

"지리학자란 바다와 강과 도시와 산, 그리고 사막이 어디에 있는지를 아는 사람이지."

"그거 참 재미있네요." 어린 왕자가 말했다. "이제야말로 정말 멋진 직업을 가진 분을 만나게 됐네요!" 그리고 어린 왕자는 지리학자의 별을 한번 둘러보았다. 그는 아직 이렇게 멋진 별을 본 적이 없었다.

"할아버지의 별은 참 아름답군요." 그가 말했다. "바다도 있나요?"

"잘 모르겠다." 지리학자가 대답했다.

"그래요?" 어린 왕자는 실망했다. "그럼 산은 있어요?"

"몰라." 지리학자가 말했다.

"그럼 도시나 강과 사막은요?"

15

*T*he sixth planet was ten times larger than the last one. It was inhabited by an old gentleman who wrote voluminous books.

"Oh, look! Here is an explorer!" he exclaimed to himself when he saw the little prince coming.

The little prince sat down on the table and panted a little. He had already traveled so much and so far!

"Where do you come from?" the old gentleman said to him.

"What is that big book?" said the little prince. "What are you doing?"

"I am a geographer," said the old gentleman.

"What is a geographer?" asked the little prince.

"A geographer is a scholar who knows the location of all the seas, rivers, towns, mountains, and deserts."

"That is very interesting," said the little prince. "Here at last is a man who has a real profession!" And he cast a look around him at the planet of the geographer. It was the most magnificent and stately planet that he had ever seen.

"Your planet is very beautiful," he said. "Has it any oceans?"

"I couldn't tell you," said the geographer.

"Ah!" The little prince was disappointed. "Has it any mountains?"

"I couldn't tell you," said the geographer.

"And towns, and rivers, and deserts?"

"그것도 알 수 없지."

"할아버지는 지리학자시잖아요?"

"그야 그렇지." 지리학자가 말했다. "하지만 난 탐험가는 아니거든. 내 별에는 탐험가가 전혀 없단 말이야. 도시와 강과 산, 바다와 태양과 사막 등을 세러 돌아다니는 일은 지리학자가 하는 일이 아니야. 지리학자는 아주 중요한 사람이라서 그런 데를 돌아다닐 수가 없단다. 서재를 떠날 수가 없어. 그러나 탐험가가 오면 서재에서 여러 가지 질문을 하여 그들의 기억을 기록해 두지. 탐험가의 기억 중에서 흥미로운 것이 있으면 지리학자는 그 탐험가의 인격을 조사해 보는 거야."

"그건 왜요?"

"왜냐하면 탐험가가 거짓말을 하면 지리학자의 책이 엉터리가 될 테니까. 그래서 술을 너무 많이 마시는 탐험가도 조사를 받게 된단다."

"그건 왜요?" 어린 왕자가 물었다.

"왜냐하면 술에 잔뜩 취한 사람에겐 물건이 둘로 보이거든. 그렇게

"I couldn't tell you that, either."

"But you are a geographer!"

"Exactly," the geographer said. "But I am not an explorer. I haven't a single explorer on my planet. It is not the geographer who goes out to count the towns, the rivers, the mountains, the seas, the oceans, and the deserts. The geographer is much too important to go loafing about. He does not leave his desk. But he receives the explorers in his study. He asks them questions, and he notes down what they recall of their travels. And if the recollections of any one among them seem interesting to him, the geographer orders an inquiry into that explorer's moral character."

"Why is that?"

"Because an explorer who told lies would bring disaster on the books of the geographer. So would an explorer who drank too much."

"Why is that?" asked the little prince.

"Because intoxicated men see double. Then the geographer would

되면 지리학자는 산이 하나밖에 없는 곳에 산이 두 개가 있다고 기록하게 된단 말이야."

"내가 아는 사람 중에…." 어린 왕자가 말했다. "나쁜 탐험가가 될 수 있는 사람을 알고 있어요."

"그럴 수도 있어. 그래서 탐험가의 인격이 좋아 보여도, 일단 그가 발견한 것을 조사시켜 봐야 하지."

"누가 조사하러 가나요?"

"가지는 않아. 그건 너무 복잡하니까. 탐험가에게 증거가 될 만한 것을 제시하라고 요구하는 거야. 예컨대 큰 산을 발견했을 때는 큰 돌을 가져오라고 하지."

지리학자는 갑자기 흥분했다.

"그런데 너는… 멀리서 왔지! 너는 탐험가야! 네 별이 어떤지 설명해 줘!"

그러더니 지리학자는 큰 종이를 펼쳐 놓고 연필을 깎았다. 탐험가의 이야기는 처음에는 연필로 적었다가 그가 증거를 가져오면 그때에야 잉크로 적는다.

"자, 어떻지?" 지리학자가 기대하며 물었다.

"제가 사는 곳은요…." 어린 왕자가 말했다. "별로 흥미로울 게 없어요. 아주 작아서요. 화산이 세 개가 있어요. 그 중에 둘은 활화산이고 하나는 불이 꺼진 사화산이지요. 하지만 그 사화산이 언제 폭발할지는 알 수 없답니다."

"그래, 알 수 없지." 지리학자가 말했다.

"꽃도 한 송이 있어요."

note down two mountains in a place where there was only one."

"I know some one," said the little prince, "who would make a bad explorer."

"That is possible. Then, when the moral character of the explorer is shown to be good, an inquiry is ordered into his discovery."

"One goes to see it?"

"No. That would be too complicated. But one requires the explorer to furnish proofs. For example, if the discovery in question is that of a large mountain, one requires that large stones be brought back from it."

The geographer was suddenly stirred to excitement.

"But you—you come from far away! You are an explorer! You shall describe your planet to me!"

And, having opened his big register, the geographer sharpened his pencil. The recitals of explorers are put down first in pencil. One waits until the explorer has furnished proofs, before putting them down in ink.

"Well?" said the geographer expectantly.

"Oh, where I live," said the little prince, "it is not very interesting. It is all so small. I have three volcanoes. Two volcanoes are active and the other is extinct. But one never knows."

"One never knows," said the geographer.

"I have also a flower."

"우리는 꽃은 기록하지 않아." 지리학자가 말했다.

"왜요? 제 별에서 가장 아름다운 것인데요!"

"그런 것은 기록하지 않는다니까." 지리학자가 말했다. "왜냐하면 꽃들은 덧없기 때문이지."

"덧없다는 게 무슨 뜻이지요?"

"지리책은 모든 책들 중 가장 귀중한 책이지. 그 책은 유행에 뒤떨어지는 법이 없어. 산이 자리를 바꾸는 일은 아주 드물거든. 바닷물이 마르는 일도 거의 없지. 우리는 변치 않는 것들만을 기록한단다."

"하지만 사화산들도 다시 깨어날 수도 있잖아요." 어린 왕자가 말을 가로막으며 말했다. "덧없다는 것이 무슨 뜻이에요?"

"화산이 꺼져 있든 깨어 있든 우리에겐 같아." 지리학자가 말했다. "우리에게 중요한 건 산이지. 산은 변하지 않으니까."

"그런데 덧없다는 게 무슨 뜻이지요?" 한번 한 질문은 끝까지 대답을 듣고야 마는 어린 왕자가 다시 물었다.

"그 의미는 '머지않아 사라져 버릴 염려가 있다'는 말이란다."

"제 꽃은 머지않아 사라져 버릴 염려가 있다고요?"

"그렇고말고."

"내 꽃은 덧없는 존재로구나!" 어린 왕자는 속으로 중얼거렸다. "세상에 대항할 무기라곤 네 개의 가시밖에 없는데! 나는 그 꽃을 내 별에 버려 두고 왔어!"

이것이 그의 첫번째 후회였다. 그러나 그는 다시 용기를 냈다.

"제가 어느 별에 가 보는 게 좋을까요?" 어린 왕자가 물었다.

"지구에 가 봐." 지리학자가 대답했다. "대단히 평판이 좋거든…."

"We do not record flowers," said the geographer.

"Why is that? The flower is the most beautiful thing on my planet!"

"We do not record them," said the geographer, "because they are ephemeral."

"What does that mean— 'ephemeral'?"

"Geographies," said the geographer, "are the books which, of all books, are most concerned with matters of consequence. They never become old-fashioned. It is very rarely that a mountain changes its position. It is very rarely that an ocean empties itself of its waters. We write of eternal things."

"But extinct volcanoes may come to life again," the little prince interrupted. "What does that mean— 'ephemeral'?"

"Whether volcanoes are extinct or alive, it comes to the same thing for us," said the geographer. "The thing that matters to us is the mountain. It does not change."

"But what does that mean— 'ephemeral'?" repeated the little prince, who never in his life had let go of a question, once he had asked it.

"It means, 'which is in danger of speedy disappearance.'"

"Is my flower in danger of speedy disappearance?"

"Certainly it is."

"My flower is ephemeral," the little prince said to himself, "and she has only four thorns to defend herself against the world. And I have left her on my planet, all alone!"

That was his first moment of regret. But he took courage once more.

"What place would you advise me to visit now?" he asked.

"The planet Earth," replied the geographer. "It has a good

그래서 어린 왕자는 그의 꽃을 생각하면서 또다시 길을 떠났다.

16

그래서 일곱 번째로 방문한 별이 지구였다.

지구는 보통 별이 아니었다! 그 곳에는 111명의 왕(물론 흑인 왕까지 포함해서)과 7천 명의 지리학자와 90만 명의 장사꾼, 750만 명의 술고래, 3억 1,100만 명의 잘난 체하는 사람들, 즉 약 20억쯤 되는 어른들이 살고 있었다.

전기가 발명되기 전까지는 6개 대륙을 통틀어 46만 2,511명이나 되는 가로등을 켜는 사람들을 두어야 했다는 이야기를 들으면, 지구가 얼마나 큰지 짐작할 수 있을 것이다.

그래서 좀 떨어진 곳에서 보면 그것은 눈부시게 멋진 장관을 이루었다. 그들이 무리지어 움직이는 모습은 마치 오페라의 발레처럼 질서정연한 것이었다. 맨 처음은 뉴질랜드와 오스트레일리아의 가로등 켜는 사람들의 차례였다. 그들은 가로등을 켜고 나면 잠자러 갔다. 다음으로 중국과 시베리아의 가로등 켜는 사람들이 춤을 추며 나타났다가 무대 뒤로 사라졌다. 다음은 러시아와 인도의 가로등 켜는 사람들이 나타나는 것이었다. 그 다음에는 아프리카와 유럽의 가로등 켜는 사람들, 또 그 다음에는 남아메리카의 가로등 켜는 사람들, 또 그 다음에는 북아메리카의 가로등 켜는 사람들이 이어서 나타났다. 그런데 그들은 무대에 나타나는 순서가 한 번도 틀리는 법이 없었다. 그것은 참으로 장엄한 광경이었다.

reputation."

And the little prince went away, thinking of his flower.

16

So then the seventh planet was the Earth.

The Earth is not just an ordinary planet! One can count, there, 111 kings (not forgetting, to be sure, the Negro kings among them), 7,000 geographers, 900,000 businessmen, 7,500,000 tipplers, 311,000,000 conceited men—that is to say, about 2,000,000,000 grown-ups.

To give you an idea of the size of the Earth, I will tell you that before the invention of electricity it was necessary to maintain, over the whole of the six continents, a veritable army of 462,511 lamplighters for the street lamps.

Seen from a slight distance, that would make a splendid spectacle. The movements of this army would be regulated like those of the ballet in the opera. First would come the turn of the lamplighters of New Zealand and Australia. Having set their lamps alight, these would go off to sleep. Next, the lamplighters of China and Siberia would enter for their steps in the dance, and then they too would be waved back into the wings. After that would come the turn of the lamplighters of Russia and the Indies; then those of Africa and Europe; then those of South America; then those of North America. And never would they make a mistake in the order of their entry upon the stage. It would be magnificent.

오직 북극의 단 하나밖에 없는 가로등을 켜는 사람과 남극에 하나밖에 없는 가로등을 켜는 사람들만이 한가로운 생활을 하고 있었다. 그들은 1년에 두 번만 바쁠 뿐이었다.

17

사람이 재치를 부리려다 보면 약간의 거짓말을 하는 경우가 있다. 가로등을 켜는 사람들에 대한 내 이야기는 아주 정직한 것은 못 된다. 아무튼 지구를 잘 알지 못하는 사람들에게 자칫 지구에 대한 틀린 생각을 가지게 할 수도 있는 이야기였다. 인간이 지구 위에서 차지하는 자리란 아주 작다. 지구에서 살고 있는 20억의 사람들이 무슨 집회 때처럼 서로 바짝 붙어 선다면, 세로 20마일 가로 20마일의 광장에 충분히 들어갈 것이다. 전 인류를 태평양의 작은 섬 한 곳에 다 쌓아올릴 수도 있을 것이다.

물론 어른들은 이 말을 믿지 않을 것이다. 그들은 자신들이 넓은 자리를 차지하고 있다고 생각하기 때문이다. 어른들은 바오밥처럼 자기를 제일 중요하다고 생각하고 있다. 그렇기 때문에 여러분은 그분들에게 스스로 계산을 해 보라고 일러 주어야 한다. 그들은 본래 숫자를 좋아하니까 만족해할 것이다. 하지만 여러분은 이런 쓸데없는 일로 시간을 낭비하면 안 된다. 이 말은 믿어도 된다.

그래서 어린 왕자는 지구에 도착했을 때 사람이 보이지 않아서 몹시 놀랐다. 그가 다른 별로 찾아온 것이 아닌가 걱정하고 있었을 때, 달빛을 띤 무슨 고리 같은 것이 모래 속에서 반짝거리며 지나가는 것이 보

Only the man who was in charge of the single lamp at the North Pole, and his colleague who was responsible for the single lamp at the South Pole—only these two would live free form toil and care: they would be busy twice a year.

17

When one wishes to play the wit, he sometimes wanders a little from the truth. I have not been altogether honest in what I have told you about the lamplighters. And I realize that I run the risk of giving a false idea of our planet to those who do not know it. Men occupy a very small place upon the Earth. If the two billion inhabitants who people its surface were all to stand upright and somewhat crowded together, as they do for some big public assembly, they could easily be put into one public square twenty miles long and twenty miles wide. All humanity could be piled up on a small Pacific islet.

The grown-ups, to be sure, will not believe you when you tell them that. They imagine that they fill a great deal of space. They fancy themselves as important as the baobabs. You should advise them, then, to make their own calculations. They adore figures, and that will please them. But do not waste your time on this extra task. It is unnecessary. You have, I know, confidence in me.

When the little prince arrived on the Earth, he was very much surprised not to see any people. He was beginning to be afraid he had come to the wrong planet, when a coil of gold, the color of the

'어린 왕자는 지구에 도착했을 때 사람이 보이지 않아서 몹시 놀랐다.'

*'When the little prince arrived on the Earth,
he was very much surprised not to see any people.'*

였다.

"안녕." 어린 왕자가 공손하게 인사했다.

"안녕." 뱀이 말했다.

"내가 온 이 별이 무슨 별이지?" 어린 왕자가 물었다.

"지구야, 여긴 아프리카고…." 뱀이 대답했다.

"오, 그래! 지구에는 사람들이 살지 않나 봐?"

"여긴 사막이야. 사막에서는 아무도 살지 않아. 지구는 굉장히 크거든." 뱀이 말했다.

어린 왕자는 돌 위에 앉아 하늘을 쳐다보았다.

"그래," 어린 왕자가 말했다. "별이 저렇게 빛나는 것은 우리가 언제고 자기 별을 찾아가도록 하기 위해서인지도 몰라…. 내 별 좀 봐. 바로 우리 머리 위에서 빛나고 있어. 근데 어쩜 저리도 멀까!"

"예쁜 별이구나." 뱀이 말했다. "그런데 여긴 어떻게 왔니?"

"난 꽃하고 좀 다투었거든." 어린 왕자가 말했다.

"그랬구나!" 뱀이 대답했다.

그리고 둘 다 입을 다물었다.

"사람들은 어디에 있지?" 마침내 어린 왕자가 다시 입을 열었다.
"사막이란 곳은 좀 쓸쓸해…."

"사람들 가운데서도 쓸쓸하기는 마찬가지야." 뱀이 말했다.

어린 왕자는 뱀을 한참 응시하였다.

"넌 재미있게 생긴 동물이구나." 이윽고 그가 말했다. "손가락처럼 가느다랗고…."

"그러나 난 왕의 손가락보다도 힘이 더 센걸." 뱀이 말했다.

moonlight, flashed across the sand.

"Good evening," said the little prince courteously.

"Good evening," said the snake.

"What planet is this on which I have come down?" asked the little prince.

"This is the Earth; this is Africa," the snake answered.

"Ah! Then there are no people on the Earth?"

"This is the desert. There are no people in the desert. The Earth is large," said the snake.

The little prince sat down on a stone, and raised his eyes toward the sky.

"I wonder," he said, "whether the stars are set alight in heaven so that one day each one of us may find his own again... Look at my planet. It is right there above us. But how far away it is!"

"It is beautiful," the snake said. "What has brought you here?"

"I have been having some trouble with a flower," said the little prince.

"Ah!" said the snake.

And they were both silent.

"Where are the men?" the little prince at last took up the conversation again. "It is a little lonely in the desert..."

"It is also lonely among men," the snake said.

The little prince gazed at him for a long time.

"You are a funny animal," he said at last. "You are no thicker than a finger..."

"But I am more powerful than the finger of a king," said the snake.

"너는 이상한 동물이구나. 손가락처럼 가느다란……."

"You are a funny animal.. You are no thicker than a finger."

어린 왕자는 싱긋 웃었다.

"넌 그다지 힘이 세지 못해. 넌 다리도 없잖아. 여행도 할 수 없고…."

"난 어떤 배보다도 더 먼 곳으로 너를 데려다줄 수 있어." 뱀이 말했다.

그는 어린 왕자의 발목을 마치 팔찌처럼 감았다.

"나를 건드리는 사람은 누구라도 그가 태어난 흙으로 돌려보내 주거든. 하지만 넌 순진하고, 정직하고, 또 다른 별에서 왔으니까…."

어린 왕자는 아무 대답도 하지 않았다.

"네가 가여워 보이는구나. 화강암으로 된 지구 위에 너처럼 연약한 애가 있는 것을 보니 말이야." 뱀이 말했다. "만약에 언제고 네 별이 몹시 그리워져서 돌아가고 싶으면 내가 너를 도와줄 수 있어. 난 할 수 있어—"

"그래! 잘 알았어. 그런데 왜 줄곧 수수께끼 같은 말만 하지?"

"난 그 모든 걸 풀 수 있단다." 뱀이 말했다.

그리고는 둘 다 입을 다물었다.

The little prince smiled.

"You are not very powerful. You haven't even any feet. You cannot even travel..."

"I can carry you farther than any ship could take you," said the snake.

He twined himself around the little prince's ankle, like a golden bracelet.

"Whomever I touch, I send back to the earth from whence he came," the snake spoke again. "But you are innocent and true, and you come from a star..."

The little prince made no reply.

"You move me to pity—you are so weak on this Earth made of granite," the snake said. "I can help you, some day, if you grow too homesick for your own planet. I can—"

"Oh! I understand you very well," said the little prince. "But why do you always speak in riddles?"

"I solve them all," said the snake.

And they were both silent.

18

 $\mathcal{O}$ 린 왕자는 사막을 가로질러 갔는데, 도중에 만난 것이라고는 꽃 한 송이뿐이었다. 꽃잎이 석 장밖에 달려 있지 않은 볼품없는 꽃이었다.

"안녕." 어린 왕자가 말했다.

"안녕." 꽃도 말했다.

"사람들은 어디에 있나요?" 어린 왕자가 정중하게 물었다.

그 꽃은 언젠가 무리를 지어 가는 대상을 본 적이 있었다.

"사람들요? 한 예닐곱 명이 있는 것 같아요. 몇 해 전에 본 적이 있거든요. 한데 그들이 지금 어디 있는지는 알 수 없네요. 그들은 뿌리 없이 바람결에 밀려 다니거든요. 그래서 살기가 아주 힘들 거예요."

"잘 있어." 어린 왕자가 말했다.

"안녕히 가세요." 꽃이 말했다.

19

 $\mathcal{H}$ 기를 떠나서 어린 왕자는 한 높은 산 위로 올라갔다. 그가 아는 산이라고는 그의 무릎 높이 정도밖에 안 되는 세 개의 화산밖에 없었다. 그리고 그는 불 꺼진 사화산을 발판으로 쓰곤 했었다. '이 정도로 높은 산에서는…,' 어린 왕자는 속으로 생각했다. "한눈에 이 별 전체와 사람들 모두를 볼 수 있겠지.'

그러나 바늘 끝처럼 뾰족한 바위 산봉우리밖에는 아무것도 보이지

18

The little prince crossed the desert and met with only one flower. It was a flower with three petals, a flower of no account at all.

"Good morning," said the little prince.

"Good morning," said the flower.

"Where are the men?" the little prince asked, politely.

The flower had once seen a caravan passing.

"Men?" she echoed. "I think there are six or seven of them in existence. I saw them, several years ago. But one never knows where to find them. The wind blows them away. They have no roots, and that makes their life very difficult."

"Goodbye," said the little prince.

"Goodbye," said the flower.

19

After that, the little prince climbed a high mountain. The only mountains he had ever known were the three volcanoes, which came up to his knees. And he used the extinct volcano as a footstool. "From a mountain as high as this one," he said to himself, "I shall be able to see the whole planet at one glance, and all the people..."

But he saw nothing, save peaks of rock that were sharpened like

"참 이상한 별이야. 모든것이 메마르고 뾰족하기만 해!"

"This plant is altogether dry, and altogether pointed."

않았다.

"안녕." 어린 왕자는 혹시나 해서 인사를 건네 보았다.

"안녕—안녕—안녕—." 메아리가 대답했다.

"너는 누구니?" 어린 왕자가 물었다.

"너는 누구니—너는 누구니—너는 누구니—." 메아리가 대답했다.

"내 친구가 되어 주렴. 나는 외롭단다." 어린 왕자가 말했다.

"나는 외롭단다—나는 외롭단다—나는 외롭단다—." 메아리가 대답했다.

"참 이상한 별이네! 아주 메마르고 뾰족하고 험하고, 아주 거칠고 험한 곳이야. 게다가 사람들은 상상력이 없어. 남이 한 말을 되풀이만 하고…. 내 별에 있는 꽃은 늘 먼저 내게 말을 걸어 왔었는데…."

20

그러나 어린 왕자가 모래와 바위와 눈을 헤치고 한참 걸어가자, 이윽고 길이 하나 나타났다. 그리고 모든 길은 사람이 사는 곳으로 통하는 것이다.

"안녕." 어린 왕자가 말했다.

그는 장미꽃들이 활짝 핀 정원 앞에 서 있었다.

"안녕하세요." 장미꽃들이 대답했다.

어린 왕자는 그들을 유심히 바라보았다. 그들은 모두 그의 꽃과 똑같이 닮았다.

"너희들은 누구야?" 어린 왕자는 놀라서 물었다.

needles.

"Good morning," he said courteously.

"Good morning—Good morning—Good morning," answered the echo.

"Who are you?" said the little prince.

"Who are you—Who are you—Who are you?" answered the echo.

"Be my friends. I am all alone," he said.

"I am all alone—all alone—all alone," answered the echo.

"What a queer planet!" he thought. "It is altogether dry, and altogether pointed, and altogether harsh and forbidding. And the people have no imagination. They repeat whatever one says to them… On my planet I had a flower; she always was the first to speak…"

20

But it happened that after walking for a long time through sand, and rocks, and snow, the little prince at last came upon a road. And all roads lead to the abodes of men.

"Good morning," he said.

He was standing before a garden, all a-bloom with roses.

"Good morning," said the roses.

The little prince gazed at them. They all looked like his flower.

"Who are you?" he demanded, thunderstruck.

"우리는 장미꽃들이지요." 장미꽃들이 말했다.

그 말을 듣자 어린 왕자는 몹시 슬퍼졌다. 그의 꽃은 이 세상에서 자기와 같은 꽃은 하나도 없다고 자랑을 했었다. 그런데 이 정원에만 해도 그와 똑같이 생긴 꽃들이 5천 송이도 넘게 있지 않은가!

'내 꽃이 이걸 보면 무척 속이 상하겠구나.' 어린 왕자는 속으로 생각했다. '창피한 것을 감추려고 몹시 기침을 해대면서 죽는 시늉을 하겠지. 그럼 난 또 억지로 간호해 주는 척해야 할 거야. 그렇지 않으면 내가 죄책감을 느끼도록 진짜 죽어 버릴지도 몰라.'

그리고 그는 이렇게 생각했다. '나는 이 세상에 오직 하나뿐인 꽃을 가져서 부자인 줄 알았는데, 그건 그저 흔한 장미꽃일 뿐이었어. 흔한 장미꽃 한 송이와 무릎 정도인 화산 세 개, —그 중 하나는 영영 불이 꺼져 버렸는지도 모르고—그걸 가지고 어떻게 위대한 왕자가 될 수 있담.'

그래서 그는 풀밭 위에 엎드려 울었다.

"We are roses," the roses said.

And he was overcome with sadness. His flower had told him that she was the only one of her kind in all the universe. And here were five thousand of them, all alike, in one single garden!

"She would be very much annoyed," he said to himself, "if she should see that... She would cough most dreadfully, and she would pretend that she was dying, to avoid being laughed at. And I should be obliged to pretend that I was nursing her back to life—for if I did not do that, to humble myself also, she would really allow herself to die..."

Then he went on with his reflections: "I thought that I was rich, with a flower that was unique in all the world; and all I had was a common rose. A common rose, and three volcanoes that come up to my knees—and one of them perhaps extinct forever... That doesn't make me a very great prince..."

And he lay down in the grass and cried.

'어린 왕자는 풀밭에 엎드려 울었다.'

'And he lay down in the grass and cried.'

21

여우가 나타난 것은 바로 그때였다.

"안녕." 여우가 인사했다.

"안녕." 어린 왕자가 얌전히 대답하고 돌아보았지만 아무것도 보이지 않았다.

"난 여기 있어." 목소리가 들렸다. "사과나무 아래에 있어."

"넌 누구지?" 이렇게 묻고 어린 왕자는 이어서 말했다. "넌 참 예쁘구나."

"난 여우란다." 여우가 말했다.

"이리 와서 나랑 놀자." 어린 왕자가 제의했다. "난 아주 쓸쓸해."

"난 너랑 놀 수 없어." 여우가 말했다. "길들여져 있지 않기 때문이야."

"아! 미안해." 어린 왕자가 말했다.

그러나 잠시 생각한 후에 어린 왕자는 말했다.

"길들여진다는 게 무슨 말이야?"

"넌 여기 살지 않는구나." 여우가 말했다. "넌 여기서 무얼 찾고 있니?" 여우가 물었다.

"난 사람을 찾고 있단다." 어린 왕자가 말했다. "'길들인다'는 게 무슨 말이야?"

"사람들은," 여우가 말했다. "총을 가지고 사냥을 해. 그건 참 곤란한 일이야. 그들은 병아리들도 기르는데, 그들의 유일한 낙이야. 너도 닭을 찾고 있니?"

21

*I*t was then that the fox appeared.

"Good morning," said the fox. "Good morning," the little prince responded politely, although when he turned around he saw nothing.

"I am right here," the voice said, "under the apple tree."

"Who are you?" asked the little prince, and added, "You are very pretty to look at."

"I am a fox," the fox said.

"Come and play with me," proposed the little prince. "I am so unhappy."

"I cannot play with you," the fox said. "I am not tamed."

"Ah! Please excuse me," said the little prince.

But, after some thought, he added:

"What does that mean— 'tame'?"

"You do not live here," said the fox. "What is it that you are looking for?"

"I am looking for men," said the little prince. "What does that mean— 'tame'?"

"Men," said the fox. "They have guns, and they hunt. It is very disturbing. They also raise chickens. These are their only interests. Are you looking for chickens?"

"아니야." 어린 왕자가 대답했다. "난 친구들을 찾고 있어. '길들인다'는 게 무슨 뜻이지?"

"그건 너무 잊혀져 있는 일이지." 여우가 말했다. "그건 '관계를 맺는다'는 뜻이거든."

"관계를 맺는다고?"

"바로 그래." 여우가 말했다. "넌 아직은 내겐 수많은 다른 어린애들과 다름없는 한 어린애에 지나지 않아. 그래서 난 네가 필요하지 않아. 너 역시 나와 같을 거고. 난 네게 수많은 다른 여우와 다를 게 없으니까 말이야. 하지만 네가 나를 길들인다면 우리는 서로 필요하게 된단다. 너는 내게 이 세상에서 단 하나밖에 없는 존재가 될 거고, 나 또한 이 세상에 하나뿐인 여우가 될 거야…"

"이제 조금 알아듣겠어." 어린 왕자가 말했다. "꽃이 한 송이 있는데… 그 꽃이 나를 길들인 것 같아…"

"그럴 수도 있지." 여우가 말했다. "지구에는 온갖 것들이 다 있으니

"No," said the little prince. "I am looking for friends. What does that mean— 'tame'?"

"It is an act too often neglected," said the fox. "It means to establish ties."

"'To establish ties?'"

"Just that," said the fox. "To me, you are still nothing more than a little boy who is just like a hundred thousand other little boys. And I have no need of you. And you, on your part, have no need of me. To you, I am nothing more than a fox like a hundred thousand other foxes. But if you tame me, then we shall need each other. To me, you will be unique in all the world. To you, I shall be unique in all the world..."

"I am beginning to understand," said the little prince. "There is a flower... I think that she has tamed me..."

"It is possible," said the fox. "On the Earth one sees all sorts of

까…."

"아니야! 지구에 있는 게 아니야." 어린 왕자가 말했다.

여우는 몹시 궁금한 듯했다.

"그럼 다른 별 이야기야?"

"응."

"그 별에도 사냥꾼들이 있어?"

"없어."

"그거 참 좋은데! 그럼 닭은?"

"없어."

"완전한 곳이라곤 이 세상에 없어." 여우는 한숨을 쉬었다.

그리고 여우는 자기가 하던 이야기로 다시 돌아갔다.

"내 생활은 너무 단조로워. 나는 닭을 쫓고 사람들은 나를 쫓지. 닭들은 모두 비슷하고 사람들도 모두 비슷해. 그래서 난 좀 지루하지. 하지만 네가 나를 길들인다면 내 생활은 햇살이 비치듯 환하게 밝아질 거야. 그 어느 발자국 소리와도 구별되는 소리를 나는 알게 될 거야. 다른 발자국 소리들은 나를 땅 밑으로 기어들어가게 하지만 네 발자국 소리는 음악 소리처럼 나를 굴 밖으로 불러낼 거야! 그리고 저기를 봐! 저기 밀밭이 보이지? 난 빵은 먹지 않아. 밀은 내겐 소용이 없지. 밀밭은 내게 아무것도 떠오르게 하지 않아. 그건 서글픈 일이야. 그런데 너는 금빛 머

things."

"Oh, but this is not on the Earth!" said the little prince.

The fox seemed perplexed, and very curious.

"On another planet?"

"Yes."

"Are there hunters on that planet?"

"No."

"Ah, that is interesting! Are there chickens?"

"No."

"Nothing is perfect," sighed the fox.

But he came back to his idea.

"My life is very monotonous," he said. "I hunt chickens; men hunt me. All the chickens are just alike, and all the men are just alike. And, in consequence, I am a little bored. But if you tame me, it will be as if the sun came to shine on my life. I shall know the sound of a step that will be different from all the others. Other steps send me hurrying back underneath the ground. Yours will call me, like music, out of my burrow. And then look: you see the grain-fields down yonder? I do not eat bread. Wheat is of no use to me. The wheat fields have nothing to say to me. And that is sad. But you have hair that is the color of gold. Think how wonderful that will be when you have tamed me! The

리칼을 가졌구나. 그러니 네가 나를 길들인다면 정말 멋질 거야! 밀은 금빛이니까 너를 생각나게 할 테니까. 그럼 난 밀밭 사이를 스쳐 지나가는 바람 소리까지도 사랑스러워질 거야…."

여우는 어린 왕자를 오랫동안 쳐다보았다.

"제발…. 나를 길들여 주렴!" 그가 말했다.

"그래, 나도 그러고 싶어." 어린 왕자는 대답했다. "하지만 내겐 시간이 많지 않아. 친구들을 찾아야 하고 알아야 할 일도 너무 많단다."

"사람들은 이미 길들여진 것만을 알 뿐이야." 여우가 말했다. "그들은 이제 아무것도 알 시간이 없어지고 말았지. 사람들이 가게에서 사는 모든 것은 이미 만들어져 있는 기성품이야. 그런데 친구를 파는 가게는 없으니까 사람들은 친구가 없을 수밖에. 친구를 갖고 싶으면 나를 길들이려무나."

"그럼 어떻게 해야 되니?" 어린 왕자가 물었다.

"참을성이 있어야 해." 여우가 대답했다. "우선 넌 내게서 좀 떨어져서 풀숲에 앉아 있어. 난 너를 곁눈질해 볼 거야. 넌 아무 말도 하면 안 돼. 말이란 오해를 만들어 내는 근원이니까. 날마다 넌 조금씩 더 가까이 다가앉을 수 있게 될 거야…."

다음 날 어린 왕자는 다시 찾아왔다.

"늘 같은 시간에 오는 것이 더 좋아." 여우가 말했다. "가령 네가 오후 4시에 온다면 난 3시부터 행복해지기 시작할 거야. 시간이 흐를수록 난 점점 더 행복해지겠지. 4시에는 마음이 설레어서 안절부절못하게 될 거야. 그래서 한껏 행복해하는 얼굴을 네게 보여 주게 되겠지. 하지만 아무 때나 온다면 언제 마음을 곱게 단장 해야 하는지 모르게 되

grain, which is also golden, will bring me back the thought of you. And I shall love to listen to the wind in the wheat..."

The fox gazed at the little prince, for a long time.

"Please—tame me!" he said.

"I want to, very much," the little prince replied. "But I have not much time. I have friends to discover, and a great many things to understand."

"One only understands the things that one tames," said the fox. "Men have no more time to understand anything. They buy things all ready made at the shops. But there is no shop anywhere where one can buy friendship, and so men have no friends any more. If you want a friend, tame me..."

"What must I do, to tame you?" asked the little prince.

"You must be very patient," replied the fox. "First you will sit down at a little distance from me—like that—in the grass. I shall look at you out of the corner of my eye, and you will say nothing. Words are the source of misunderstandings. But you will sit a little closer to me, every day..."

The next day the little prince came back.

"It would have been better to come back at the same hour," said the fox. "If, for example, you come at four o'clock in the afternoon, then at three o'clock I shall begin to be happy. I shall feel happier and happier as the hour advances. At four o'clock, I shall already be worrying and jumping about. I shall show you how happy I am! But if you come at just any time, I shall never know at what hour my heart is to be ready

잖아. 적당한 관례가 필요하거든."

"관례가 뭔데?" 어린 왕자가 물었다.

"그것 역시 너무 자주 잊혀지는 행동이지." 여우가 말했다. "그건 어떤 날을 다른 날들과 구별하는 거야. 다시 말해, 어떤 시간을 다른 시간들과 다르게 만드는 거지. 예컨대 나를 쫓는 사냥꾼들에게도 관례라는 것이 있어. 그들은 목요일이 되면 마을의 처녀들과 춤을 추지. 그래서 목요일은 내게 있어 신나는 날이야! 난 포도밭까지 산책을 나가도 돼. 만일 사냥꾼들이 아무 때나 춤을 춘다면, 하루하루가 똑같이 되어 버리잖아. 그럼 난 휴가라는 것도 없게 될 거고…."

그렇게 되어 어린 왕자는 여우를 길들이게 되었다. 그런데 어린 왕자가 떠나야 할 시간이 다가왔다.

"아!" 여우가 말했다. "난 울음이 터질 것만 같아."

"그건 네 잘못이야." 어린 왕자가 말했다. "나는 네 마음을 아프게 하고 싶지 않았어. 하지만 널 길들여 주길 네가 원했잖아…."

"맞아." 여우가 말했다.

"하지만 넌 울려고 하잖아!" 어린 왕자가 말했다.

"그래, 맞아." 여우가 말했다.

"그러니 결국 너한테 무슨 소용이 있어?"

"소용이 있었지." 여우가 말했다. "밀밭의 색깔을 보면 말이야." 그가 다시 말을 덧붙였다.

"다시 가서 장미꽃들을 보렴. 그럼 너는 네 장미꽃이 이 세상에 오직 하나뿐임을 알게 될 거야. 그리고 돌아와서 내게 작별 인사를 해 줘. 그

to greet you... One must observe the proper rites..."

"What is a rite?" asked the little prince.

"Those also are actions too often neglected," said the fox. "They are what make one day different from other days, one hour from other hours. There is a rite, for example, among my hunters. Every Thursday they dance with the village girls. So Thursday is a wonderful day for me! I can take a walk as far as the vineyards. But if the hunters danced at just any time, every day would be like every other day, and I should never have any vacation at all."

So the little prince tamed the fox. And when the hour of his departure drew near—

"Ah," said the fox, "I shall cry."

"It is your own fault," said the little prince. "I never wished you any sort of harm; but you wanted me to tame you..."

"Yes, that is so," said the fox.

"But now you are going to cry!" said the little prince.

"Yes, that is so," said the fox.

"Then it has done you no good at all!"

"It has done me good," said the fox, "because of the color of the wheat fields." And then he added:

"Go and look again at the roses. You will understand now that yours is unique in all the world. Then come back to say goodbye to me, and I

Le Petit Prince *143*

"만약 오후 네 시에 네가 온다면 나는 세 시부터 행복해질 거야."

*"If you come at four o'clock in the afternoon,
then by three o'clock I shall begin to be happy."*

러면 내가 선물로 한 가지 비밀을 가르쳐 줄게."

어린 왕자는 다시 장미꽃을 보러 갔다.
"너희들은 나의 장미와 전혀 닮지 않았어." 어린 왕자는 말했다. "너희들은 아직까지 내게 중요하지 않아. 아무도 너희를 길들이지 않았고 너희들 역시 아무도 길들이지 않았잖아. 너희들은 내가 처음 만났을 때의 내 여우와 같아. 여우도 처음에는 다른 수많은 여우들과 똑같을 뿐이었어. 하지만 내가 그를 친구로 삼았기 때문에 그는 이제 이 세상에서 단 하나뿐인 여우가 되었어."
그 말에 장미꽃들은 몹시 당황스러워했다.
"너희들은 예쁘게 피어 있지만 마음은 허전할 거야." 어린 왕자가 계속 말을 이었다. "어느 누구도 너희들을 위해서 죽지 않을 테니까. 물론 내 꽃도 지나가는 행인에게는 너희들처럼 보이겠지. 하지만 내 장미꽃은 말이야, 혼자 있는 내 꽃이 수천 송이의 장미꽃인 너희들 모두보다도 더 중요해. 내가 물을 주었고 유리 덮개로 보호해 주었고, 바람막이도 세워 주었고, 쐐기벌레도 잡아 준(나비가 되라고 두세 마리 남겨 둔 것은 빼고) 꽃이기 때문이야. 투덜거리며 불평을 하거나 자랑을 늘어놓는 것도 들어 주었어. 심지어 종종 말없이 가만 있을 때도 이해했단다. 그건 내 장미꽃이기 때문이야."
그리고 그는 다시 여우에게 돌아왔다.
"잘 있어." 어린 왕자가 말했다.
"잘 가라." 여우가 말했다. "내 비밀은 알려 줄게. 아주 간단하단다. 오직 마음으로만 봐야 잘 보인다는 거야. 가장 중요한 건 눈에 보이지

will make you a present of a secret."

The little prince went away, to look again at the roses.

"You are not at all like my rose," he said. "As yet you are nothing. No one has tamed you, and you have tamed no one. You are like my fox when I first knew him. He was only a fox like a hundred thousand other foxes. But I have made him my friend, and now he is unique in all the world."

And the roses were very much embarrassed.

"You are beautiful, but you are empty," he went on. "One could not die for you. To be sure, an ordinary passerby would think that my rose looked just like you—the rose that belongs to me. But in herself alone she is more important than all the hundreds of you other roses: because it is she that I have watered; because it is she that I have put under the glass globe; because it is she that I have sheltered behind the screen; because it is for her that I have killed the caterpillars (except the two or three that we saved to become butterflies); because it is she that I have listened to, when she grumbled, or boasted, or even sometimes when she said nothing. Because she is my rose."

And he went back to meet the fox.

"Goodbye," he said.

"Goodbye," said the fox. "And now here is my secret, a very simple secret: It is only with the heart that one can see rightly; what is essential

않는단다."

"가장 중요한 건 눈에 보이지 않는다…." 잊지 않기 위해서 어린 왕자가 되뇌었다.

"네가 그 꽃을 위해 쓴 그 시간 때문에, 그토록 소중하게 여기게 된 거야."

"…내가 내 장미꽃을 위해 쓴 시간 때문에…."

어린 왕자는 잊지 않기 위해 따라 말했다.

"사람들은 이런 진리를 잊어버렸지." 여우가 말했다. "하지만 넌 그것을 잊어선 안 돼. 너는 네가 길들인 것에 대해 끝까지 책임을 져야 해. 넌 네 장미에 대한 책임이 있다구…."

"나는 내 장미에 대해 책임이 있다구…." 어린 왕자는 잊지 않기 위해 되뇌었다.

22

"안녕하세요." 어린 왕자가 말했다.

"안녕." 철도의 전철수가 말했다.

"여기서 뭘 하세요?" 어린 왕자가 물었다.

"나는 여객들을 천 명씩 나눠 보내는 일을 한단다." 전철수가 말했다. "여객을 싣고 오는 기차를 어느 때는 오른쪽으로, 어느 때는 왼쪽으로 보내는 일이야."

그때 불을 환하게 밝힌 급행 열차 한 대가 우렛소리를 내며 전철수가 있는 초소를 뒤흔들었다.

is invisible to the eye."

"What is essential is invisible to the eye," the little prince repeated, so that he would be sure to remember.

"It is the time you have wasted for your rose that makes your rose so important."

"It is the time I have wasted for my rose—" said the little prince, so that he would be sure to remember.

"Men have forgotten this truth," said the fox. "But you must not forget it. You become responsible, forever, for what you have tamed. You are responsible for your rose..."

"I am responsible for my rose," the little prince repeated, so that he would be sure to remember.

22

"Good morning," said the little prince.

"Good morning," said the railway switchman.

"What do you do here?" the little prince asked.

"I sort out travelers, in bundles of a thousand," said the switchman. "I send off the trains that carry them: now to the right, now to the left."

And a brilliantly lighted express train shook the switchman's cabin as it rushed by with a roar like thunder.

"저 사람들은 굉장히 바쁘네요." 어린 왕자가 말했다. "저 사람들은 뭘 찾고 있나요?"

"기관사조차도 알 수 없는 일이지." 전철수가 대답했다.

그러자 반대 방향에서 두 번째 불을 밝힌 급행 열차가 우렛소리를 내며 달려갔다.

"그들이 벌써 되돌아오는 건가요?" 어린 왕자가 물었다.

"아까의 그 여객들이 아니야." 전철수가 말했다. "두 기차가 서로 엇갈리는 거지."

"그들은 있던 곳이 마음에 안 들었나 보지요?" 어린 왕자가 물었다.

"사람들은 자기가 있는 곳을 마음에 들어하지 않는단다." 전철수가 말했다.

그러자 세 번째로 불을 환히 밝힌 급행 열차가 우렛소리를 내며 달려왔다.

"저 사람들은 앞의 손님들을 쫓아가고 있는 거예요?" 어린 왕자가 물었다.

"뒤쫓는 것은 아니야." 전철수가 말했다. "그들은 기차 속에서 잠을 자거나 아니면 하품을 하고 있겠지. 오직 어린애들만이 유리창에 코를 납쭉 대고 밖을 내다볼 뿐이지."

"어린애들만이 자기들이 무얼 찾고 있는지를 알고 있네요." 어린 왕자가 말했다. "그들은 천 조각으로 만든 인형으로 시간을 보내고, 인형은 아이들에게 아주 소중한 것이 되지요. 그래서 누가 그것을 빼앗으려고 하면 아이들이 우는 거예요…."

"아이들은 행복하구먼." 전철수가 말했다.

"They are in a great hurry," said the little prince. "What are they looking for?"

"Not even the locomotive engineer knows that," said the switchman.

And a second brilliantly lighted express thundered by, in the opposite direction.

"Are they coming back already?" demanded the little prince.

"These are not the same ones," said the switchman. "It is an exchange."

"Were they not satisfied where they were?" asked the little prince.

"No one is ever satisfied where he is," said the switchman.

And they heard the roaring thunder of a third brilliantly lighted express.

"Are they pursuing the first travelers?" demanded the little prince.

"They are pursuing nothing at all," said the switchman. "They are asleep in there, or if they are not asleep they are yawning. Only the children are flattening their noses against the windowpanes."

"Only the children know what they are looking for," said the little prince. "They waste their time over a rag doll and it becomes very important to them; and if anybody takes it away from them, they cry..."

"They are lucky," the switchman said.

23

"안녕하세요." 어린 왕자가 말했다.

"안녕." 장사꾼이 말했다.

그는 갈증을 없애 준다는 새로 나온 알약을 팔고 있었다. 일주일에 한 알씩만 먹으면, 마시고 싶은 마음이 아주 사라져 버린다는 것이다.

"왜 이런 것을 파나요?" 어린 왕자가 물었다.

"왜냐하면, 엄청난 시간을 절약하게 해 주거든." 장사꾼이 대답했다. "전문가들이 계산을 해 보았는데, 이 약을 먹으면 매주 53분씩 아껴진다는 거야."

"그 53분으로 뭘 하는데요?"

"하고 싶은 일을 하지…."

'나라면….' 왕자는 속으로 생각했다. '만일 내 마음대로 써도 되는 53분이 있다면, 맑은 물이 솟는 샘으로 천천히 걸어갈 텐데….'

23

"Good morning," said the little prince.

"Good morning," said the merchant.

This was a merchant who sold pills that had been invented to quench thirst. You need only swallow one pill a week, and you would feel no need of anything to drink.

"Why are you selling those?" asked the little prince.

"Because they save a tremendous amount of time," said the merchant. "Computations have been made by experts. With these pills, you save fifty-three minutes in every week."

"And what do I do with those fifty-three minutes?"

"Anything you like..."

"As for me," said the little prince to himself, "if I had fifty-three minutes to spend as I liked, I should walk at my leisure toward a spring of fresh water."

24

사막에서 비행기가 고장난 지 8일째 되는 날이었다. 나는 아껴 두었던 물의 마지막 남은 한 방울을 마시면서 장사꾼에 대한 이야기를 듣고 있었다.

"정말," 나는 어린 왕자에게 말했다. "네 지난 이야기는 매우 재미있는걸. 하지만 난 아직도 비행기를 고치지 못한데다 마실 물도 없어. 나도 맑은 물이 솟는 샘을 향해 한가로이 걸어갈 수만 있다면 정말 좋겠구나!"

"내 친구 여우는…." 어린 왕자가 나에게 말했다.

"꼬마 친구, 여우 이야기나 할 때가 아냐."

"왜?"

"목이 말라서 죽을 지경이란 말이야…."

그는 내 말을 알아듣지 못하고 이렇게 말했다.

"죽을 지경이라도 친구를 한 사람 가졌다는 건 좋은 일이지. 난 여우 친구가 있다는 것이 정말 기뻐…."

"이 꼬마는 얼마나 위험한지 모르는군." 나는 속으로 중얼거렸다. "배고픔도 갈증도 느끼지 못하고, 약간의 햇빛만 있으면 되니까…."

그러나 그는 나를 한참 바라보더니 내 마음을 아는 듯 말했다.

"나도 목말라… 샘을 찾으러 가…."

나는 너무 지쳤다는 몸짓을 했다. 드넓은 사막 한가운데에서 무턱대고 샘을 찾아나선다는 것은 터무니없는 짓이기 때문이었다. 그런데도 우리는 걷기 시작했다.

24

*I*t was now the eighth day since I had had my accident in the desert, and I had listened to the story of the merchant as I was drinking the last drop of my water supply.

"Ah," I said to the little prince, "these memories of yours are very charming; but I have not yet succeeded in repairing my plane; I have nothing more to drink; and I, too, should be very happy if I could walk at my leisure toward a spring of fresh water!"

"My friend the fox—" the little prince said to me.

"My dear little man, this is no longer a matter that has anything to do with the fox!"

"Why not?"

"Because I am about to die of thirst..."

He did not follow my reasoning, and he answered me:

"It is a good thing to have had a friend, even if one is about to die. I, for instance, am very glad to have had a fox as a friend..."

"He has no way of guessing the danger," I said to myself. "He has never been either hungry or thirsty. A little sunshine is all he needs..."

But he looked at me steadily, and replied to my thought:

"I am thirsty, too. Let us look for a well..."

I made a gesture of weariness. It is absurd to look for a well, at random, in the immensity of the desert. But nevertheless we started walking.

우리는 말없이 여러 시간을 걸었다. 그러자 어둠이 내리고 별들이 나타나기 시작했다. 심한 갈증 때문에 나는 열이 조금 났다. 별들을 바라보자 마치 꿈 속에서 보는 듯했다. 어린 왕자의 말이 내 기억 속에서 가물거렸다.

"그럼 너도 목이 마르니?" 내가 물었다.

그러나 그는 내 물음에 대답하지 않았다. 그는 내게 이렇게만 말했다.

"물은 마음에도 좋을 거야…."

나는 이 대답을 이해하지 못했지만 아무 말도 하지 않았다…. 그에게 질문에 대한 답을 얻어 내지 못한다는 것을 나는 잘 알고 있었다.

그는 지쳐 있었다. 그는 주저앉았다. 나도 그의 곁에 앉았다. 그러자 잠시 조용히 있던 그가 다시 말했다.

"별들이 아름다운 건 보이지 않는 한 송이 꽃 때문이야."

나는 대답했다. "그건 그래." 그러고는 말없이 달빛 아래 주름처럼 펼쳐져 있는 우리 앞의 모래 언덕들을 바라보았다.

"사막은 아름다워." 어린 왕자가 다시 말했다.

그 말은 맞았다. 나는 늘 사막을 좋아했다. 사막의 모래 언덕에 앉아 있으면 아무것도 보이지 않고 아무 소리도 들리지 않는다. 그러나 이런 침묵 속에서도 무엇인가 빛나는 것이 있다.

"사막이 아름다운 이유는," 어린 왕자가 말했다. "어딘가에 샘을 숨기고 있기 때문이야…."

나는 문득 모래가 신비스럽게 빛나는 이유를 깨닫고 놀랐다. 내가 어렸을 때, 나는 오래 된 집에서 살고 있었는데, 전해 오는 이야기에 의하

When we had trudged along for several hours, in silence, the darkness fell, and the stars began to come out. Thirst had made me a little feverish, and I looked at them as if I were in a dream. The little prince's last words came reeling back into my memory:

"Then you are thirsty, too?" I demanded.

But he did not reply to my question. He merely said to me:

"Water may also be good for the heart..."

I did not understand this answer, but I said nothing. I knew very well that it was impossible to cross-examine him.

He was tired. He sat down. I sat down beside him. And, after a little silence, he spoke again:

"The stars are beautiful, because of a flower that cannot be seen." I replied, "Yes, that is so." And, without saying anything more, I looked across the ridges of sand that were stretched out before us in the moonlight.

"The desert is beautiful," the little prince added.

And that was true. I have always loved the desert. One sits down on a desert sand dune, sees nothing, hears nothing. Yet through the silence something throbs, and gleams...

"What makes the desert beautiful," said the little prince, "is that somewhere it hides a well..."

I was astonished by a sudden understanding of that mysterious radiation of the sands. When I was a little boy I lived in an old house,

면 그 집에는 보물이 감춰져 있다고 했다. 물론 보물을 발견한 사람은 아무도 없었고, 그것을 찾으려고 시도한 사람도 없었을 것이다. 보물이 묻혀 있다는 우리 집은 마술에 싸인 듯했다. 우리 집은 깊숙이 비밀을 간직하고 있었던 것이다….

"그래." 나는 어린 왕자에게 말했다. "집이나 별, 또는 사막이나… 그들을 아름답게 만드는 건 눈에 보이지 않는 법이야!"

"기쁜걸." 그가 말했다. "아저씨도 내 여우랑 같은 말을 해서."

어린 왕자가 잠이 들자 나는 그를 안고 다시 걷기 시작했다. 나는 몹시 감동하여 가슴이 뭉클해졌다. 마치 부서지기 쉬운 보물을 안고 가는 듯했다. 이 지구 위에서 이보다 더 부서지기 쉬운 것은 없을 것만 같았다. 나는 달빛 아래로 어린 왕자의 창백한 이마와 감겨진 눈, 바람결에 나부끼는 머리칼을 바라보면서 나는 속으로 생각했다. '내가 지금 보고 있는 건 껍데기일 뿐이야. 가장 중요한 건 눈에 보이지가 않거든….'

살짝 열린 그의 입술이 어렴풋한 미소를 띠었을 때 나는 또 생각했다. '잠든 어린 왕자가 나를 이토록 감동시키는 것은, 꽃 한 송이에 대한 그의 성실성 때문이야. …그가 잠들어 있을 때조차도 불꽃처럼 그의 마음 속에서 타오르고 있는 한 송이 장미꽃의 모습이 있어….' 그러자 그가 더욱 부서지기 쉬운 존재처럼 여겨졌다. 나는 한 줄기 바람에도 꺼져 버릴 등불처럼 느껴져, 그를 보호해 줘야겠다고 생각했다….

나는 그런 생각을 하며 걸어가다가 동이 틀 무렵에 샘을 발견했다.

and legend told us that a treasure was buried there. To be sure, no one had ever known how to find it; perhaps no one had ever even looked for it. But it cast an enchantment over that house. My home was hiding a secret in the depths of its heart...

"Yes," I said to the little prince. "The house, the stars, the desert—what gives them their beauty is something that is invisible!"

"I am glad," he said, "that you agree with my fox."

As the little prince dropped off to sleep, I took him in my arms and set out walking once more. I felt deeply moved, and stirred. It seemed to me that I was carrying a very fragile treasure. It seemed to me, even, that there was nothing more fragile on all the Earth. In the moonlight I looked at his pale forehead, his closed eyes, his locks of hair that trembled in the wind, and I said to myself: "What I see here is nothing but a shell. What is most important is invisible..."

As his lips opened slightly with the suspicion of a half-smile, I said to myself, again: "What moves me so deeply, about this little prince who is sleeping here, is his loyalty to a flower—the image of a rose that shines through his whole being like the flame of a lamp, even when he is asleep..." And I felt him to be more fragile still. I felt the need of protecting him, as if he himself were a flame that might be extinguished by a little puff of wind...

And, as I walked on so, I found the well, at daybreak.

25

"사람들은," 어린 왕자가 말했다. "급행 열차에 올라타지만 그들이 찾으러 가는 게 무엇인지 몰라. 그래서 안달하며 제자리에 맴돌고 있지…."

그리고 이어서 말했다.

"그런 건 소용없는데…."

우리가 발견한 샘은 사하라의 우물과는 달랐다. 사하라 사막의 우물은 그저 모래 위에 파 놓은 웅덩이 같은 것이다. 그런데 이 샘은 마을에 있는 우물과 비슷했다. 그러나 이 곳에 마을이라곤 없었다. 나는 꿈을 꾸고 있는 것만 같았다….

"이건 이상하군." 내가 어린 왕자에게 말했다. "모든 게 갖추어져 있어. 도르래, 물통, 줄…."

그는 웃으며 줄을 잡아당겼다. 그러자 도르래가 움직이기 시작했다. 오랫동안 바람을 잊었던 바람개비처럼 그렇게 삐걱거렸다.

"아저씨, 들리지?" 왕자가 말했다. "우물을 깨웠더니 노래를 부르잖아…."

나는 그에게 줄을 당기는 힘든 일을 시키고 싶지 않았다.

"내게 맡겨." 나는 말했다. "네겐 너무 무거워."

나는 천천히 두레박을 당겨서 두레박을 우물 가장자리까지 올려놓았다. 나는 피로했지만 해냈다는 마음으로 행복했다. 아직까지도 도르래의 노랫소리가 들리는 듯했고, 아직도 출렁이는 물에는 햇살이 반짝였다.

25

"Men," said the little prince, "set out on their way in express trains, but they do not know what they are looking for. Then they rush about, and get excited, and turn round and round..."

And he added:

"It is not worth the trouble..."

The well that we had come to was not like the wells of the Sahara. The wells of the Sahara are mere holes dug in the sand. This one was like a well in a village. But there was no village here, and I thought I must be dreaming...

"It is strange," I said to the little prince. "Everything is ready for use: the pulley, the bucket, the rope..."

He laughed, touched the rope, and set the pulley to working. And the pulley moaned, like an old weathervane which the wind has long since forgotten.

"Do you hear?" said the little prince. "We have wakened the well, and it is singing..."

I did not want him to tire himself with the rope.

"Leave it to me," I said. "It is too heavy for you."

I hoisted the bucket slowly to the edge of the well and set it there— happy, tired as I was, over my achievement. The song of the pulley was still in my ears, and I could see the sunlight shimmer in the still trembling water.

'어린 왕자는 웃으며 밧줄을 잡아 도르래를 당겼다.'

*'He laughed, touched the rope,
and set the pulley to working.'*

"목이 마르니까 이 물을 마시고 싶어." 어린 왕자가 말했다. "물을 좀 줘…."

그러자 나는 그가 무엇을 찾고 있었는지 깨달았다.

나는 두레박을 그의 입술에 대 주었다. 그는 눈을 감은 채 물을 마셨다. 이 물은 축제 때의 음식처럼 달았다. 이 물은 정말 보통 음료와는 달랐다. 이 물은 별빛 아래로 걸어왔고, 도드래의 노랫소리를 들으며 내 두 팔로 퍼 올린 물이기 때문이었다. 마치 선물을 받았을 때처럼 이 물은 마음을 기쁘게 해 주었다. 내가 아주 어렸을 때, 크리스마스 트리의 불빛과 자정 미사의 음악과 다정한 미소가 흐르던 얼굴, 내가 받았던 황홀한 선물과도 같았다.

"아저씨네 별에서 사는 사람들은," 어린 왕자가 말했다. "한 정원 안에 장미꽃을 5천 그루나 심지만…. 그들이 찾는 것을 거기서 찾아 내지는 못해…."

"그들은 그것을 못 찾았지…." 나는 대답했다.

"하지만 그들이 찾는 건 꽃 한 송이나 물 한 모금에서도 발견될 수 있는데."

"응, 맞아." 나는 말했다.

그러자 어린 왕자는 말을 이었다.

"그러나 눈으로는 볼 수 없어. 마음으로 봐야 해."

나는 물을 마셨다. 살 것 같았다. 해가 돋자 모래는 노르스름한 벌꿀빛을 띠었다. 그 벌꿀빛은 나를 기분좋게 했다. 그런데 내게 슬픈 생각이 드는 것은 웬일일까?

"I am thirsty for this water," said the little prince. "Give me some of it to drink..."

And I understood what he had been looking for.

I raised the bucket to his lips. He drank, his eyes closed. It was as sweet as some special festival treat. This water was indeed a different thing from ordinary nourishment. Its sweetness was born of the walk under the stars, the song of the pulley, the effort of my arms. It was good for the heart, like a present. When I was a little boy, the lights of the Christmas tree, the music of the Midnight Mass, the tenderness of smiling faces, used to make up, so, the radiance of the gifts I received.

"The men where you live," said the little prince, "raise five thousand roses in the same garden—and they do not find in it what they are looking for."

"They do not find it," I replied.

"And yet what they are looking for could be found in one single rose, or in a little water."

"Yes, that is true," I said.

And the little prince added:

"But the eyes are blind. One must look with the heart..."

I had drunk the water. I breathed easily. At sunrise the sand is the color of honey. And that honey color was making me happy, too. What brought me, then, this sense of grief?

"약속을 지켜야 해." 어린 왕자가 다시 내 옆에 살며시 앉으며 말했다.

"무슨 약속?"

"알잖아…. 내 양에게 끼워 줄 입마개 말이야…. 난 내 꽃을 지켜 줘야 할 책임이 있다구!"

나는 아무렇게나 끄적여 두었던 몇 장의 그림을 주머니에서 꺼냈다. 어린 왕자는 그림들을 보고 웃으며 이렇게 말했다.

"아저씨가 그린 바오밥나무들은 꼭 양배추 같아…."

"뭐!"

나는 바오밥나무 그림만은 몹시 자신이 있었는데!

"이 여우는… 귀가 뿔같이 보여…. 그리고 너무 길어!"

그리고 그는 다시 웃었다.

"그건 너무 심한데, 어린 왕자야." 나는 말했다. "나는 속이 보이거나 안 보이거나 하는 보아 구렁이밖에 못 그린다구."

"아냐, 괜찮아." 그가 말했다. "아이들은 이해하거든."

그래서 난 연필로 입마개를 그렸다. 그 입마개를 어린 왕자에게 주면서 가슴이 쓰라린 것을 느꼈다.

"내가 모르는 계획이 있는 것 같구나." 내가 말했다.

그러자 그는 대답하지 않았다. 그 대신 이렇게 말했다.

"내가 지구에 떨어진 지도… 내일이면 1년이 돼…."

그러고는 잠시 말이 없다가 다시 말을 이었다.

"내가 이 근처로 내려왔었는데."

그리고 그는 얼굴을 붉혔다.

"You must keep your promise," said the little prince, softly, as he sat down beside me once more.

"What promise?"

"You know—a muzzle for my sheep... I am responsible for this flower..."

I took my rough drafts of drawings out of my pocket. The little prince looked them over, and laughed as he said:

"Your baobabs—they look a little like cabbages."

"Oh!"

I had been so proud of my baobabs!

"Your fox—his ears look a little like horns; and they are too long."

And he laughed again.

"You are not fair, little prince," I said. "I don't know how to draw anything except boa constrictors from the outside and boa constrictors from the inside."

"Oh, that will be all right," he said, "children understand."

So then I made a pencil sketch of a muzzle. And as I gave it to him my heart was torn.

"You have plans that I do not know about," I said.

But he did not answer me. He said to me, instead:

"You know—my descent to the earth... Tomorrow will be its anniversary."

Then, after a silence, he went on:

"I came down very near here."

And he flushed.

그러자 나는 또다시 알 수 없는 슬픔이 솟구치는 것을 느꼈다. 그런데도 한 가지 의문이 떠올랐다.

"그럼 일주일 전 내가 너를 만나던 날 아침, 사람 사는 지역에서 수천 마일이나 떨어진 여기서 네가 혼자 걷고 있었던 것은 우연이 아니었구나. 네가 떨어졌던 곳으로 돌아가고 있었니?"

어린 왕자는 다시 얼굴을 붉혔다.

그래서 나는 조금 머뭇거리며 말을 이었다.

"아마 1년 된 것을 기념하려고?"

어린 왕자는 또다시 얼굴을 붉혔다. 그는 묻는 말에 결코 대답하진 않았다. 그러나 얼굴을 붉힌다는 것은 그렇다는 뜻이 아닌가?

"아!" 나는 어린 왕자에게 말했다. "난 약간 두려운데…."

그러나 그는 내 말을 가로막았다.

"아저씨는 이제 일해야 해. 기계가 있는 곳으로 돌아가도록 해. 난 여기서 아저씨를 기다리고 있을게. 내일 저녁에 돌아와…."

그러나 나는 안심이 되지 않았다. 여우 생각이 떠올랐다. 길들여지면 울게 될 염려가 있는 것이다….

26

우물 옆에는 거의 무너져내린 낡은 돌담이 있었다. 다음 날 저녁, 내가 일을 끝내고 돌아왔을 때, 어린 왕자가 담 위에 걸터앉아 다리를 늘어뜨리고 있는 것을 멀리서 보았다. 그리고 그가 이렇게 말하는 것이 들렸다.

And once again, without understanding why, I had a queer sense of sorrow. One question, however, occurred to me:

"Then it was not by chance that on the morning when I first met you—a week ago—you were strolling along like that, all alone, a thousand miles from any inhabited region? You were on the your way back to the place where you landed?"

The little prince flushed again.

And I added, with some hesitancy:

"Perhaps it was because of the anniversary?"

The little prince flushed once more. He never answered questions—but when one flushes does that not mean "Yes"?

"Ah," I said to him, "I am a little frightened—"

But he interrupted me.

"Now you must work. You must return to your engine. I will be waiting for you here. Come back tomorrow evening..."

But I was not reassured. I remembered the fox. One runs the risk of weeping a little, if one lets himself be tamed...

26

*B*eside the well there was the ruin of an old stone wall. When I came back from my work, the next evening, I saw from some distance away my little price sitting on top of this wall, with his feet dangling. And I heard him say:

"생각 안 나? 정확히 이 곳은 아니야!"

누가 그에게 대답을 하는 것이 분명했다. 왜냐하면 어린 왕자가 이렇게 대답했기 때문이다.

"그래, 맞아! 날짜는 맞는데 장소는 여기가 아니야."

나는 계속 담을 향해서 걸어갔다. 그러나 아무것도 보이지 않고 들리는 소리도 없었다. 그러나 어린 왕자는 다시 대답했다.

"…분명해. 넌 모래 위의 내 발자국이 어디서부터 시작되었는지 보게 될 거야. 거기서 날 기다리면 돼. 오늘 밤에 그리로 갈게."

나는 담에서 고작 20미터쯤 떨어져 있었지만 아무것도 볼 수 없었다.

어린 왕자는 잠시 말이 없다가 다시 말을 이었다.

"네 독은 괜찮은 거지? 날 오랫동안 아프게 하지 않을 자신이 있지?"

나는 우뚝 멈춰 섰다. 내 가슴이 갈가리 찢기는 듯했다. 그러나 나는 무슨 이야기인지 알아들을 수가 없었다.

"그럼 이제 가 보렴." 어린 왕자가 말했다. "담에서 내려갈래."

그제서야 나는 담밑을 내려다보고 기겁을 했다. 거기에는 30초 만에 사람을 죽일 수 있는 노란 뱀 한 마리가 어린 왕자를 향해 몸을 꼿꼿이 세우고 있지 않은가. 나는 권총을 꺼내려고 호주머니에 손을 넣으며 뒤로 물러섰다. 그러나 내 발자국 소리를 듣고, 뱀은 모래 속으로 물줄기가 잦아들 듯 스르르 미끄러져 가더니, 가벼운 쇳소리와 함께 돌틈으로 사라지고 말았다.

돌담 아래 닿았을 때, 나는 눈같이 새하얘진 어린 왕자를 간신히 받아 안을 수 있었다.

"Then you don't remember. This is not the exact spot."

Another voice must have answered him, for he replied to it:

"Yes, yes! It is the right day, but this is not the place."

I continued my walk toward the wall. At no time did I see or hear anyone. The little prince, however, replied once again:

"—Exactly. You will see where my track begins, in the sand. You have nothing to do but wait for me there. I shall be there tonight."

I was only twenty meters from the wall, and I still saw nothing.

After a silence the little prince spoke again:

"You have good poison? You are sure that it will not make me suffer too long?"

I stopped in my tracks, my heart torn asunder; but still I did not understand.

"Now go away," said the little prince. "I want to get down from the wall."

I dropped my eyes, then, to the foot of the wall—and I leaped into the air. There before me, facing the little prince, was one of those yellow snakes that take just thirty seconds to bring your life to an end. Even as I was digging into my pocket to get out my revolver I made a running step back. But, at the noise I made, the snake let himself flow easily across the sand like the dying spray of a fountain, and, in no apparent hurry, disappeared, with a light metallic sound, among the stones.

I reached the wall just in time to catch my little man in my arms; his face was white as snow.

"이제 넌 가… 난 내려가야겠어."

"Now go away... I want to get down from the wall."

"이게 대체 무슨 일이니?" 나는 물었다. "왜 뱀하고 이야기를 했지?"

나는 그가 늘 목에 두르고 있는 그 금빛 머플러를 편하게 풀어 주었다. 나는 어린 왕자의 관자놀이에 물을 축여 준 후 물을 마시게 했다. 그러나 이제는 더 이상 물어 볼 수가 없었다. 그는 진지한 눈빛으로 나를 바라보더니 내 목에 두 팔을 감았다. 나는 총에 맞아 죽어가는 새의 심장처럼 그의 가슴이 고동치는 것을 느꼈다.

"아저씨가 엔진 고장을 찾아 내게 되어 다행이야." 그가 말했다. "이제 집에 돌아갈 수 있겠네…."

"그걸 어떻게 알았니?"

나는 천만다행으로 기계를 고치는 데 성공했다는 것을 그에게 막 알리려던 참이었다.

그는 내 물음에는 대답도 없이 이렇게 덧붙였다.

"나도 오늘 집으로 돌아갈 거야…."

그러더니 고즈넉하게,

"훨씬 더 멀고… 훨씬 더 어렵지…."

나는 뭔지 심상찮은 일이 일어나고 있다는 것을 알아차렸다. 나는 아기를 껴안듯이 어린 왕자를 품에 꽉 껴안았다. 그러나 내가 붙잡을 새도 없이 어린 왕자는 깊은 심연 속으로 미끄러져 가는 것 같았다….

그의 모습은 멀리서 길을 잃은 사람처럼 매우 심각해 보였다.

"내겐 아저씨가 준 양이 있어. 그리고 양을 넣어 둘 상자도 있고, 입마개도 있고…."

어린 왕자는 쓸쓸하게 미소지었다.

나는 오래오래 기다렸다. 그의 몸이 조금씩 조금씩 따뜻해지는 것이

"What does this mean?" I demanded. "Why are you talking with snakes?"

I had loosened the golden muffler that he always wore. I had moistened his temples, and had given him some water to drink. And now I did not dare ask him any more questions. He looked at me very gravely, and put his arms around my neck. I felt his heart beating like the heart of a dying bird, shot with someone's rifle...

"I am glad that you have found what was the matter with your engine," he said. "Now you can go back home—"

"How do you know about that?" I was just coming to tell him that my work had been successful, beyond anything that I had dared to hope.

He made no answer to my question, but he added:

"I, too, am going back home today..."

Then, sadly—

"It is much farther... It is much more difficult..."

I realised clearly that something extraordinary was happening. I was holding him close in my arms as if he were a little child; and yet it seemed to me that he was rushing headlong toward an abyss from which I could do nothing to restrain him...

His look was very serious, like someone lost far away.

"I have your sheep. And I have the sheep's box. And I have the muzzle..."

And he gave me a sad smile.

I waited a long time. I could see that he was reviving little by little.

느껴졌다.

"귀여운 꼬마야," 나는 그에게 말했다. "넌 겁이 나는구나…."

그가 무서워하고 있었다. 분명히 무서워하고 있었지만 그는 부드럽게 웃었다.

"오늘 밤 더 무서울걸."

다시금 나는 돌이킬 수 없는 어떤 일이 일어날 것이라는 예감에 눈앞이 아찔해졌다. 이 웃음 소리를 다시는 들을 수 없게 되리라는 생각을 하자 견딜 수 없어졌다. 그 웃음 소리는 내게 있어 사막의 샘 같은 것이었다.

"꼬마야," 나는 말했다. "네 웃음 소리를 다시 한 번 듣고 싶구나."

그러나 그는 이렇게 말했다.

"오늘 밤이면 꼭 1년이 되거든. 내 별이 작년 이맘때 내가 떨어진 그 장소 바로 위쪽에 오게 되는 거야…."

"꼬마야," 내가 말했다. "뱀이니, 만날 장소니, 별이니 하는 이야기는 모두 못된 꿈 같은 터무니없는 얘기지…."

그러나 그는 내 질문에 대답하지 않았다. 대신에 그가 말했다. "중요한 건 눈에 보이지 않는 거야."

"물론이지."

"꽃도 마찬가지야. 만약 아저씨가 어느 별에 사는 꽃 한 송이를 사랑한다면, 밤에 하늘을 바라보는 게 무척 즐거울 거야. 모든 별들에 다 꽃이 피어 있을 테니까."

"그래, 나도 알아."

"물도 마찬가지야. 아저씨가 내게 먹여 준 물은 마치 음악 같았어. 도

"Dear little man," I said to him, "you are afraid..."

He was afraid, there was no doubt about that. But he laughed lightly.

"I shall be much more afraid this evening..."

Once again I felt myself frozen by the sense of something irreparable. And I knew that I could not bear the thought of never hearing that laughter any more. For me, it was like a spring of fresh water in the desert.

"Little man," I said, "I want to hear you laugh again."

But he said to me:

"Tonight, it will be a year... My star, then, can be found right above the place where I came to the Earth, a year ago..."

"Little man," I said, "tell me that it is only a bad dream—this affair of the snake, and the meeting-place, and the star..."

But he did not answer my plea. He said to me, instead:

"The thing that is important is the thing that is not seen..."

"Yes, I know..."

"It is just as it is with the flower. If you love a flower that lives on a star, it is sweet to look at the sky at night. All the stars are a-bloom with flowers..."

"Yes, I know..."

"It is just as it is with the water. Because of the pulley, and the rope,

르래와 밧줄 때문에…. 기억나…? 물맛이 얼마나 좋았는지?"

"그래, 알고말고."

"밤이면 별들을 쳐다봐. 내 별은 너무 작아서 어디 있는지 가르쳐 줄 수가 없어. 아저씨한테는 그게 더 나아. 내 별은 아저씨에겐 여러 별들 중의 하나가 될 테니까. 그럼 아저씬 어떤 별이든지 바라보는 게 좋아질 거야…. 그 별들은 모두 아저씨의 친구가 될 거야. 그리고 아저씨에게 내가 선물을 하나 줄게…."

그는 다시 웃었다.

"아, 어린 왕자, 귀여운 어린 왕자야. 난 네 웃음 소리가 좋구나!"

"그게 바로 내 선물이야…. 그건 우리가 물을 마셨을 때와 똑같은 것이 될 거야…."

"무슨 말이니?"

"모든 사람은 다 별을 가지고 있어." 어린 왕자가 말했다. "하지만 사람에 따라 서로 다른 의미를 갖지. 여행하는 사람에겐 별은 길잡이야. 또 어떤 사람들에겐 그저 희미한 빛일 뿐이야. 학자들에게는 연구 대상이지. 내가 만난 사업가에겐 재산이지. 하지만 그런 모든 별들은 말이 없어. 아저씬 어느 누구도 갖지 못한 별들을 갖게 될 거야…."

"무슨 뜻인데?"

"그 별들 중의 하나에서 내가 살고 있을 테니까. 그 별 중의 하나에서 내가 웃고 있을 테니까. 아저씨가 밤에 하늘을 쳐다보면 모든 별들이 다 아저씨에겐 웃고 있는 것처럼 보일 거야. 아저씬… 아저씨만 웃을 줄 아는 별들을 갖게 되는 거야!"

그리고 그는 다시 웃었다.

what you gave me to drink was like music. You remember—how good it was."

"Yes, I know..."

"And at night you will look up at the stars. Where I live everything is so small that I cannot show you where my star is to be found. It is better, like that. My star will just be one of the stars, for you. And so you will love to watch all the stars in the heavens... They will all be your friends. And, besides, I am going to make you a present..."

He laughed again.

"Ah, little prince, dear little prince! I love to hear that laughter!"

"That is my present. Just that. It will be as it was when we drank the water..."

"What are you trying to say?"

"All men have the stars," he answered, "but they are not the same things for different people. For some, who are travelers, the stars are guides. For others they are no more than little lights in the sky. For others, who are scholars, they are problems. For my businessman they were wealth. But all these stars are silent. You—you alone—will have the stars as no one else has them—"

"What are you trying to say?"

"In one of the stars I shall be living. In one of them I shall be laughing. And so it will be as if all the stars were laughing, when you look at the sky at night... you—only you—will have stars that can laugh!"

And he laughed again.

"그래서 아저씨의 슬픔이 가라앉았을 때(언제고 슬픔은 가라앉게 되니까)는 나를 안 것을 기쁘게 생각할 거야. 아저씨는 언제까지나 내 친구가 되겠지. 나와 함께 웃고 싶어질 거고. 그러기 위해 이따금 그저 괜히 창문을 열어 보게 되겠지…. 그럼 아저씨의 친구들은 아저씨가 하늘을 쳐다보고 웃는 걸 보고 깜짝 놀라겠지. 그러면 아저씬 친구들에게 이렇게 말하겠지. '그래, 난 별들만 보면 언제나 웃음이 난다네!' 그들은 아저씨가 미쳤다고 생각할 거야. 그럼 난 아저씨한테 못할 짓을 한 셈이 되겠는걸…."

그러고는 그는 또다시 웃었다.

"그건 내가 아저씨한테 별 대신 웃을 줄 아는 작은 방울들을 잔뜩 준 셈이 되지…."

그리고 그는 또 웃었다. 그러더니 곧 진지한 표정이 되었다.

"And when your sorrow is comforted (time soothes all sorrows) you will be content that you have known me. You will always be my friend. You will want to laugh with me. And you will sometimes open your window, so, for that pleasure... And your friends will be properly astonished to see you laughing as you look up at the sky! Then you will say to them, 'Yes, the stars always make me laugh!' And they will think you are crazy. It will be a very shabby trick that I shall have played on you..."

And he laughed again.

"It will be as if, in place of the stars, I had given you a great number of little bells that knew how to laugh..."

And he laughed again. Then he quickly became serious:

"오늘 밤에는… 오지 마."

"난 널 보내지 않겠어."

"난 아픈 것처럼 보일 거야…. 마치 죽는 것처럼 보일 거야. 그렇게 보이거든. 그런 걸 보러 오지 마. 그럴 필요 없어."

"난 널 보낼 수 없다구."

그러나 그는 근심에 차 있었다.

"내가 이런 말을 하는 이유는… 뱀 때문이야. 뱀이 아저씨를 물면 안 되니까. 뱀은 심술궂단 말이야. 괜히 장난삼아 물기도 하거든…."

"난 너를 그냥 버려 둘 순 없어."

그러나 무슨 생각이 들었는지 그는 안심하는 것 같았다.

"뱀이 두 번째 물 때는 독이 없다고 해."

"Tonight—you know... Do not come."

"I shall not leave you," I said.

"I shall look as if I were suffering. I shall look a little as if I were dying. It is like that. Do not come to see that. It is not worth the trouble..."

"I shall not leave you."

But he was worried.

"I tell you—it is also because of the snake. He must not bite you. Snakes—they are malicious creatures. This one might bite you just for fun..."

"I shall not leave you."

But a thought came to reassure him:

"It is true that they have no more poison for a second bite."

그날 밤 나는 그가 떠나는 걸 보지 못했다. 그는 소리도 없이 내 곁에서 사라져 버린 것이었다. 내가 뒤쫓아가서 그를 만났을 때 그는 빠른 걸음으로 거침없이 걸어가고 있었다. 그는 그저 이렇게 말했다.

"아! 아저씨 왔어…?"

그러고는 그는 내 손을 잡았다. 그러나 그는 다시 걱정을 했다.

"아저씨가 온 건 잘못이야. 마음이 아파질 거야. 마치 내가 죽는 것같이 보일 거야. 그러나 진짜 죽는 건 아니야…."

나는 아무 말도 하지 않았다.

"아저씬 이해하겠지. 너무 멀어. 난 이 몸을 가져갈 수가 없어. 이 몸은 너무 무겁단 말이야."

나는 아무 말도 할 수 없었다.

그는 조금 풀이 죽은 듯 보였다. 그러나 다시 힘을 내려 애쓰고 있었다.

"아저씨도 알지, 참 좋을 거야. 나도 별들을 바라볼 테니까. 모든 별들은 내게 녹슨 도르래가 붙어 있는 우물로 여겨질 거야. 별들이 모두 맑은 물을 내게 부어 줄 거야…."

나는 아무 말도 하지 않았다.

"그것은 정말 재미있을 거야! 아저씬 5억 개의 작은 방울들을 갖게 되고, 난 5억 개의 샘물을 갖게 될 테니까 말이야…."

그러고는 그는 더 이상 아무 말이 없었다. 왜냐하면 그는 울고 있었기 때문이다….

"여기야. 나 혼자 가게 해 줘."

그러더니 그는 그 자리에 주저앉았다. 무서웠기 때문이었다. 그가 다

That night I did not see him set out on his way. He got away from me without making a sound. When I succeeded in catching up with him he was walking along with a quick and resolute step. He said to me merely:

"Ah! You are there..."

And he took me by the hand. But he was still worrying.

"It was wrong of you to come. You will suffer. I shall look as if I were dead; and that will not be true..."

I said nothing.

"You understand... it is too far. I cannot carry this body with me. It is too heavy."

I said nothing.

"But it will be like an old abandoned shell. There is nothing sad about old shells..."

I said nothing.

He was a little discouraged. But he made one more effort:

"You know, it will be very nice. I, too, shall look at the stars. All the stars will be wells with a rusty pulley. All the stars will pour out fresh water for me to drink..."

I said nothing.

"That will be so amusing! You will have five hundred million little bells, and I shall have five hundred million springs of fresh water..."

And he too said nothing more, becuase he was crying...

"Here it is. Let me go on by myself."

And he sat down, because he was afraid. Then he said, again:

'어린 왕자는 나무가 쓰러지듯 천천히 쓰러졌다. 소리조차 나지 않게….'

*'He fell as gently as a tree falls.
There was not even any sound……'*

시 말했다.

"아저씨… 내 꽃 말이야… 나는 그 꽃을 책임져야 해! 게다가 그 꽃은 너무나 연약하거든! 너무나 순진하고! 쓸모없는 네 개의 가시로 세상에 맞서 자기를 지키려고 해요…."

나도 주저앉았다. 더 이상 서 있을 수 없었다.

"자…. 이제 다 끝났어…."

어린 왕자는 또 주춤거리며 망설였다. 그러나 일어섰다. 그는 한 발자국을 내디뎠으나 나는 꼼짝도 할 수가 없었다.

어린 왕자의 발목께에서 노란 한 줄기 빛이 반짝 빛났을 뿐이었다. 그는 잠시 그대로 서 있었다. 그는 소리를 지르지도 않았다. 나무가 쓰러지듯 그는 천천히 쓰러졌다. 모래 바닥이라서 소리조차 나지 않았다.

27

그러니까 그게 벌써 6년 전의 일이었다…. 이 이야기를 나는 아직까지 누구에게도 말한 적이 없었다. 다시 만난 내 친구들은 내가 살아 돌아온 것을 몹시 기뻐했다. 나는 슬펐지만 그들에게 '피곤해서' 그럴 뿐이라고 말했다.

이제는 내 슬픔도 약간 가셨다. 다시 말해… 완전히 가신 것은 아니라는 뜻이다. 하지만 나는 어린 왕자가 그의 별로 돌아갔다는 것을 안다. 다음 날 해가 떴을 때 그의 몸을 찾아볼 수가 없었기 때문이다. 그의 몸은 그다지 무겁지 않았다…. 그래서 밤마다 나는 별들에게 귀 기울이기를 좋아한다. 그것들은 마치 5억 개의 작은 방울들과도 같다….

"You know—my flower... I am responsible for her. And she is so weak! She is so naive! She has four thorns, of no use at all, to protect herself against all the world..."

I too sat down, because I was not able to stand up any longer.

"There now—that is all..."

He still hesitated a little; then he got up. He took one step. I could not move.

There was nothing there but a flash of yellow close to his ankle. He remained motionless for an instant. He did not cry out. He fell as gently as a tree falls. There was not even any sound, because of the sand.

27

And now six years have already gone by... I have never yet told this story. The companions who met me on my return were well content to see me alive. I was sad, but I told them: "I am tired."

Now my sorrow is comforted a little. That is to say—not entirely. But I know that he did go back to his planet, because I did not find his body at daybreak. It was not such a heavy body... And at night I love to listen to the stars. It is like five hundred million little bells...

그런데 큰일이 하나 있다…. 어린 왕자에게 그려 준 입마개에 가죽끈을 달아 주지 않은 것이다. 어린 왕자는 자기의 양에게 입마개를 채울 수 없을 것이다. 그래서 나는 이런 염려를 하곤 한다. 그의 별에 무슨 일이 일어나면 어쩐담? 혹시 양이 꽃을 먹어 버리면 어쩐담….

어느 때는 '천만에, 그럴 리가 없지! 어린 왕자는 매일 밤 그의 꽃을 유리 덮개로 잘 씌우고 양을 잘 지킬 테니까….'라고 생각한다. 그러면 나는 마음이 놓인다. 그때는 모든 별들이 귀엽게 웃는다.

어느 때는 '어쩌다가 방심할 때도 있잖아. 그러면 끝장인데! 어느 날 밤 유리 덮개를 씌우는 것을 깜박 잊었는데, 그날 밤에 양이 밤중에 소리 없이 빠져 나갔다면….' 하는 생각이 들기도 한다. 그러면 작은 방울들은 모두 눈물 방울들로 변해 버리고 만다!

그것은 참으로 크나큰 수수께끼이다. 어린 왕자를 사랑하는 여러분에게나 내게, 이 세상 어딘가에 있는 우리가 알지 못하는 한 마리 양이 한 송이 장미꽃을 먹었느냐 먹지 않았느냐에 따라서 천지가 온통 뒤바뀌게 되는 것이다.

하늘을 바라보라. 그리고 자신에게 물어 보라. 양이 그 꽃을 먹었을까, 먹지 않았을까? 그 결과에 따라 모든 것이 얼마나 달라지는지 여러분은 알게 될 것이다….

그러나 어른들은 왜 이것이 그토록 중요한가에 대해 결코 이해하지 못할 것이다!

But there is one extraordinary thing... When I drew the muzzle for the little prince, I forgot to add the leather strap to it. He will never have been able to fasten it on his sheep. So now I keep wondering: what is happening on his planet? Perhaps the sheep has eaten the flower...

At one time I say to myself: "Surely not! The little prince shuts his flower under her glass globe every night, and he watches over his sheep very carefully..." Then I am happy. And there is sweetness in the laughter of all the stars.

But at another time I say to myself: "At some moment or other one is absent-minded, and that is enough! On some one evening he forgot the glass globe, or the sheep got out, without making any noise, in the night..." And then the little bells are changed to tears...

Here, then, is a great mystery. For you who also love the little prince, and for me, nothing in the universe can be the same if somewhere, we do not know where, a sheep that we never saw has—yes or no?—eaten a rose...

Look up at the sky. Ask yourselves: Is it yes or no? Has the sheep eaten the flower? And you will see how everything changes...

And no grown-up will ever understand that this is a matter of so much importance!

이곳이 내게 있어서 이 세상에서 가장 사랑스럽고 가장 슬픈 곳이다. 이 그림은 앞쪽의 것과 같지만 여러분의 기억에 되새기도록 다시 그린 것이다. 어린 왕자가 지구에 나타났다가 다시 사라진 곳이다.

이 그림을 똑똑히 잘 봐 두었다가, 여러분이 언젠가 아프리카 사막을 여행하게 되면, 이곳을 바로 알아보기를 바란다. 그리고 혹시 그리로 지나가게 되거든 총총히 지나쳐 버리지 말고, 잠깐 별빛 아래서 기다려 보기 바란다! 그때 만일 한 어린 소년이 여러분에게 나가와서 웃거든, 그리고 그의 머리칼이 금빛이고, 묻는 말에 아무 대답이 없으면, 여러분은 그가 누구인지 알아차릴 수 있을 것이다. 만약 이런 일이 일어난다면, 부디 나를 위로하는 뜻으로 그 애가 돌아왔다고 내게 전해 주는 친절을 베풀어 주기를.

This is, to me, the loveliest and saddest landscape in the world. It is the same as that on the preceding page, but I have drawn it again to impress it on your memory. It is here that the little prince appeared on Earth, and disappeared.

Look at it carefully so that you will be sure to recognize it in case you travel some day to the African desert. And, if you should come upon this spot, please do not hurry on. Wait for a time, exactly under the star. Then, if a little man appears who laughs, who has golden hair and who refuses to answer questions, you will know who he is. If this should happen, please comfort me. Send me word that he has come back.

생텍쥐페리와 '어린 왕자'에 대해

'어린 왕자'는 프랑스의 소설가이자 비행기 조종사인 생텍쥐페리가 자신의 경험을 살려 지어낸 아름다운 이야기이다.

어린 왕자는 겨우 집 한 채 정도 크기의 작은 별에서 살았다. 그런데 어느 날, 한 알의 씨앗이 날아와 싹이 나서 아름다운 장미꽃을 피웠다. 어린 왕자는 정성들여 가꾸었지만, 장미꽃은 늘 투정만 부렸다. 어린 왕자는 장미꽃이 싫어져 다른 별로 떠나 버리고 만다.

어린 왕자는 여러 별을 돌아다닌다. 왕자는 혼자 사는 왕·지리학자·실업가·술주정뱅이·허영꾼 남자·가로등에 불을 켜는 사람 들을 만나게 된다. 그들을 통해 어린 왕자는 사람들의 어리석음을 깨닫게된다.

떠나는 날 아침 어린 왕자는 별을 깨끗이 청소했다.

여섯 번째 별에는 지리학자가 살고 있었는데, 그는 어린 왕자에게 두고 온 장미꽃이 시들어 버릴 것이라고 말한다. 왕자는 장미꽃이 그리워진다.

일곱 번째 별은 지구였다. 어린 왕자는 지구에서 여우를 만나 친구가 된다. 어린

어린 왕자는 풀밭에 엎드려 엉엉 울었다.

왕자는 여우에게 책임이 따르는 참된 사랑에 대한 이야기를 듣고 장미꽃이 그리워져 자기의 별로 되돌아간다는 이야기이다.

지은이 생텍쥐페리(1900.6.29~1944.7.31)는 프랑스의 오베르뉴 주 퓌드돔 현에 있는 인구 약 2만 명의 작은 도시인 리옹에서 태어났다. 가문이 옛 귀족 집안이었기 때문에 행복한 어린 시절을 보냈다.

1920년, 공군에 입대하여 조종사 훈련을 받았다. 제대 후 자동차 공장 등 여러 직업을 거쳤다. 평범한 사회의 일상 생활에서 벗어나 행동적인 인생을 개척하고자 1926년부터 위험이 뒤따르는 초기 우편 비행 사업에 뛰어들었다.

제2차 세계 대전이 일어나자 군용기 조종사로 종군하여, 대전 말기에 정찰 비행 중 행방불명이 되었다.

최초의 본격적인 작품인 '남방 우편기'(1929)에서부터 유작인 '성채'(1948)에 이르는 모든 작품에는 행동을 통한 명상이 깔려 있다.

언제나 어려움과 역경과의 싸움에서 인간이 삶을 이루어 나가는 의의를 찾아 내놓은 것이라고 할 수

혼자 사는 왕

어린 왕자의 장미

"내 장미꽃이 소중한 것은 내가 보살펴 주었기 때문이야."

"넌 나를 내 별에 데려다 줄 수 있니?"

Le Petit Prince

바오밥나무

있다.

아르헨티나 항공에 근무하던 시기의 경험을 토대로 한 '야간 비행'(1931)은 행동적인 문학으로서 앙드레 지드의 격찬을 받았으며 페미나 상을 받았다.

그가 바랐던 참다운 삶은 개개의 인간 존재가 아니라, 사람과 사람을 맺어 주는 정신적 유대를 찾는 데 있었다.

'인간의 대지'(1939), '전투 조종사'(1942)에서는 이러한 그의 관점에서 인간의 관계와 동료 비행사, 그리고 임무·의무·조국 등에 관한 문제에 대한 깊은 탐구가 이루어지고 있다.

제2차 세계 대전 중 미국에서 발표한 '어린 왕자'(1943)는 작자 자

여우와 어린 왕자의 만남.
"난 너와 놀 수 없어.
난 길들여져 있지 않거든."

가로등을 켜는 사람

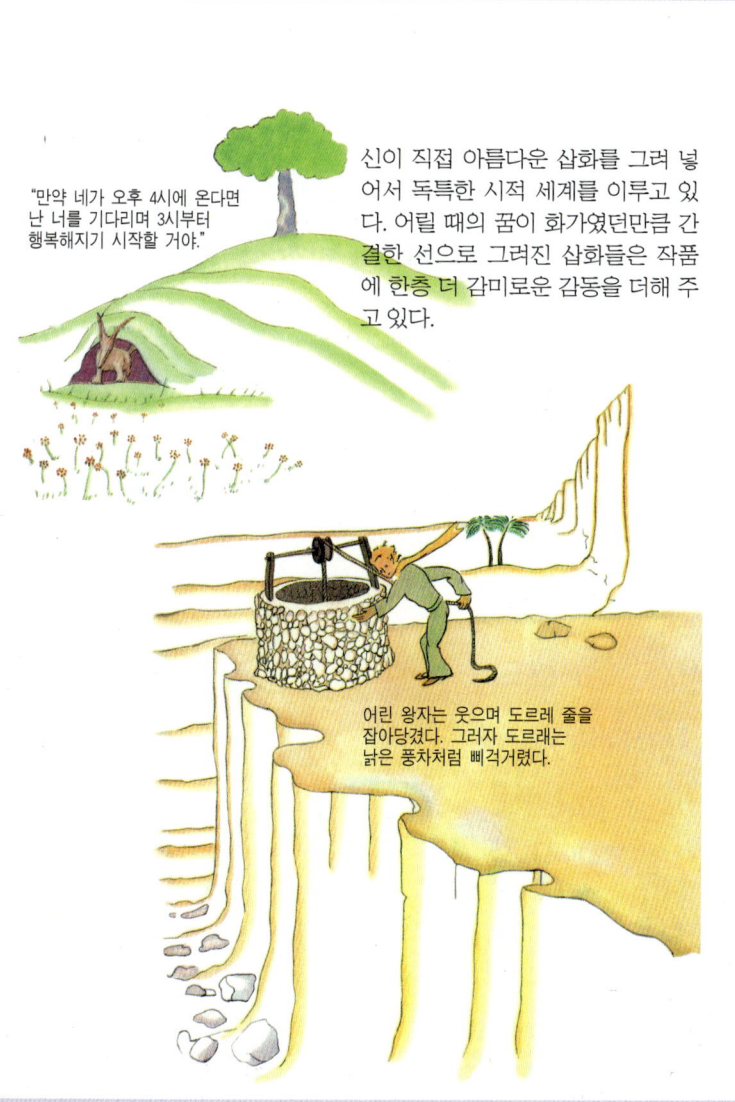

"만약 네가 오후 4시에 온다면 난 너를 기다리며 3시부터 행복해지기 시작할 거야."

신이 직접 아름다운 삽화를 그려 넣어서 독특한 시적 세계를 이루고 있다. 어릴 때의 꿈이 화가였던만큼 간결한 선으로 그려진 삽화들은 작품에 한층 더 감미로운 감동을 더해 주고 있다.

어린 왕자는 웃으며 도르레 줄을 잡아당겼다. 그러자 도르래는 낡은 풍차처럼 삐걱거렸다.

Le Petit Prince

어린 왕자

원작/생텍쥐페리
엮음·그림/이범기

지식서관

어린왕자는 철새들의 도움을 받아
자신의 별에서 떠나왔을 거라고 생각한다.

레옹 베르트에게

내가 이 책을 어른에게 바친 데 대해, 혹 이 책을 읽게 될 어린이들에게 용서를 빈다.

그럴 수밖에 없는 이유가 있다. 내가 이 세상에서 사귄 가장 훌륭한 친구가 이 어른이기 때문이다.

또 다른 이유도 들 수 있는데, 그것은 이 어른이 모든 것, 어린이를 위한 책들까지도 다 이해한다는 점이다.

세 번째 이유는 이 어른이 프랑스에서 살고 있는데 거기에서 굶주림과 추위에 떨고 있다는 점이다.

그는 위로를 받아야 할 어려운 처지에 있다. 만약 모든 이유들로도 부족하다면 예전의, 어린 시절의 그에게 이 책을 바치기로 하겠다. 어른들도 누구나 다 처음에는 어린 아이였으니까—물론 그것을 기억하는 어른들은 그리 많지 않겠지만—따라서 내 헌사를 이렇게 고친다.

'어린 아이였을 때의
레옹 베르트에게'

머 리 말

아름다운 만화로 탄생한 '어린 왕자'

이 세상에서 어떤 책이 가장 많이 팔렸을까요? 첫째는 성경입니다. 그 다음으로는 마르크스가 쓴 '자본론'이고, 세 번째 책이 바로 생텍쥐페리의 '어린 왕자'입니다. 그만큼 '어린 왕자'는 전세계인들의 사랑을 듬뿍 받고 있습니다.

오늘날은 첨단 과학의 시대입니다. 눈부신 과학의 발달로 모든 것이 풍요롭고 편리한 시대가 되었습니다. 리모컨 하나만 있으면 차의 시동을 걸고 밥을 짓고 청소를 할 수 있습니다. 인터넷을 통해 전세계의 움직임을 방 안에서 훤히 볼 수도 있습니다.

그래서 사람들이 더 행복해졌나요? 자신 있게 고개를 끄덕일 사람은 많지 않을 것입니다. 여러 가지 나쁜 일들은 끊임없이 신문의 사회면을 가득 채우고 있으니까요.

"빨리빨리!" "어서어서!"

모두들 정신없이 바쁘게 사느라고, 눈에 보이는 높은 탑만 쌓느라고 마음은 메마를 대로 메말라 버렸다면, 진정한 행복을 느낄 수 있을까요?

참으로 중요한 것은 사람들의 마음입니다. 마음이 건강하고 아름다워야 바른 가치관을 가질 수 있습니다. 그리고 바른 가치관을 가진 사람들이 모여야 건

강한 사회를 이룰 수 있습니다. 그러기 위에서는 알토란 같은 시간을 쪼개서 고요히 마음을 다스리고 생각할 시간을 가져야 합니다.

본래 사람의 마음이었던 정다운 마음, 남을 아끼는 마음, 자기를 희생하는 숭고한 마음을 키워 나가야 합니다.

한 권의 좋은 책은 사람의 마음을 넉넉하게 하고, 올바른 마음을 갖게 합니다. 어른들을 위한 동화인 '어린 왕자'를 아름다운 만화로 음미하면서 그림 속에 숨어 있는 마음의 대화를 찾아 내면 가슴 가득 밀려오는 감동을 느낄 수 있을 것입니다.

"사막이 아름다운 건 어디엔가 우물이 숨겨져 있기 때문이야."
"가장 중요한 것은 눈에 보이지 않아."

책을 읽으며 마음에 닿아오는 말들을 입 속으로 천천히 따라해 보세요. 마음 속에 잔잔한 감동의 물결이 일렁이는 것을 느낄 수 있을 거예요. 이 감동이 우리 인류의 마음을 착하게, 부드럽게, 정답게, 따뜻하게 바꾸어 놓을 것을 가슴 설레며 기대해 봅니다.

그림/엮은이 **이 범 기**

주요 등장 인물

나(비행기 조종사)

어릴 때의 꿈은 화가였지만, 어른들이 자기의 그 림을 전혀 이해하지 못하는 것을 보고 실망하여 비행기 조종사가 된다. 그러다 비행기가 고장이 나는 바람에 사하라 사막 한가운데 불시착하게 되고, 그 때 어린 왕자를 만난다.

어린 왕자와의 대화를 통해서 나는 참다운 마음에 눈뜨게 되고, 어른이 되어 잃어버렸던 눈에 보이지 않는 소중한 것들을 다시 회복하게 된다.

그래서 자기 별로 되돌아간 어린 왕자가 그리울 때마다, 나는 이렇게 중얼거리는 것이다.

"난 저 별들을 보면 언제나 웃음이 난다네…."

어린 왕자

겨우 작은 집 한 채 정도의 크기밖에 되지 않는 꼬마별에서 살았던 소년. 별에서 함께 지내던 장미꽃과 사이가 좋지 않아 별을 떠나온다. 여러 별을 여행하면서 많은 사람을 만나보고 지구에 와서 비행기 조종사를 만나 친구가 된다. 또 지혜로운 여우도 만나, 책임이 따르는 참된 사랑에 대해서 듣게 된다.
"꽃 한 송이가 있는데… 아무래도 그 꽃이 날 길들인 것 같아."
어린 왕자는 쓸쓸하게 남겨져 있을 장미꽃이 그리워져 자기의 별로 되돌아간다.

장미꽃

어린 왕자가 살던 별에 있는 꽃. 공주병 증상이 아주 심해서 어린 왕자를 좋아하면서도 귀찮게 굴고 뻐기기만 한다. 그러나 사실은 마음이 여리고 순진한 꽃이다.
"무슨 일이 있어도 난 내 꽃에게 책임이 있다구!"
어린 왕자도 별을 떠나 온 다음에야 장미꽃의 본마음을 알고, 사랑하는 마음을 갖게 된다.

여 우

여우는 사막에서 어린 왕자를 만나 많은 이야기를 해 준다.
"만약 네가 오후 4시에 온다면, 난 너를 기다리며 3시부터 행복해지기 시작할 거야."

누군가를 길들이려면 참을성이 있어야 한다는 것과 중요한 것은 눈에 보이지 않는다는 것을 말해 준다. 그리고 장미꽃을 길들인 것에 대해 책임을 져야 한다는 것을 어린 왕자에게 깨우쳐 준다.

혼자 사는 왕

어린 왕자가 첫번째 별에서 만난 혼자 사는 왕. 자기는 자기의 별뿐만 아니라 온 우주를 다스리고 있다고 믿고 있다.

"사람에게는 그가 이해하고 할 수 있는 일을 요구해야 하느니라. 특히 권력과 권위는 제대로 된 이성에 근거를 두어야 해."

백성들에게 무리한 명령을 내려서는 안 된다는 것도 알고 있지만, 아무튼 모든 사람이 자기의 명령에 따라야 한다고 생각한다.

허영꾼 남자

어린 왕자가 두 번째 찾아간 별에서 만난 허영심이 가득 찬 남자.

"그래 나를 찬양해 줘! 나를 기쁘게 해줘!"

모든 사람들이 자기에게 환호하고 있다고 착각하고 사는 빈 주머니 같은 어리석은 사람이다. 어린 왕자는 너무 실망하여 금세 그 별을 떠나오고 만다.

실업가

어린 왕자가 네 번째 별에서 만난 사람. 엄청나게 바쁘게 일하는 일벌레로서, 54년 동안 같은 별을 세는 일만을 계속하는 답답한 사람.

"세어 보고 또 세어 보고, 자꾸 세어 보는 거지."

자신이 센 별을 가지고 관리하며 보람을 느끼지만, 다른 사람에 대해서는 전혀 관심이 없다.

가로등을 켜는 사람

어린 왕자가 다섯 번째 별에서 만난 사람. 아무도 없는 별에서 그는 쉬지 않고 가로등에 불을 켜는 일을 하고 있다.

"이 별이 1분에 한 바퀴씩 돌기 때문에, 나도 1분마다 한 번씩 껐다가 켰다가를 해야 해."

비록 명령에 따라서 하는 일이지만, 어린 왕자는 그가 다른 사람을 위해 일하기 때문에 좋은 사람이라고 생각한다.

지리학자

어린 왕자가 여섯 번째 별에서 만난 사람. 모든 바다와 강·도시·

산·사막이 어디에 있는지 다 알고 있지만 한 번도 가 본 적은 없다.

"지리학자는 여러 곳을 직접 돌아다니지는 않아. 왜냐 하면 중요한 사람이기 때문에 한가롭게 돌아다닐 수가 없어."

지리책은 한번 쓰면 변하지 않기 때문에, 이 세상의 책 중에서 가장 중요하다고 굳게 믿고 있다.

사막에서 어린 왕자를 만나다!

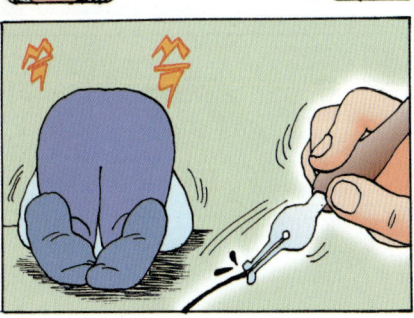

어린 왕자의 고향

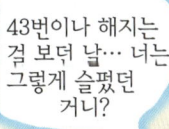

어린 왕자의 또 다른 비밀

닷새째 되는 날, 나는 어린 왕자의 비밀을 한 가지 더 알게 되었다. 먹을 물도 거의 바닥이 났기 때문에 매우 불안했던 날이었다.

양은 작은 나무를 먹으니까 꽃도 먹겠지?

가시가 있는 꽃도?

그래

꽃과 어린 왕자

나는 얼마 후 그 꽃에 대해 좀더 알 수 있었다.

내 별에는 예전부터 아주 소박한 꽃들이 있었어.

한 겹짜리 꽃잎을 가졌는데 자리도 거의 차지하지 않고 아무도 방해하지 않았다. 아침에 피었다가 저녁이면 사라졌다.

그런데 어느 날 어디에선가 씨앗이 날아와 싹을 틔웠다.

생전 처음 보는 건데… 혹시 새로운 바오밥나무일지도 몰라.

아무튼 넌 요주의 식물이야!

싹은 점점 자라 작은 나무가 되자 꽃을 피우기 시작했다.

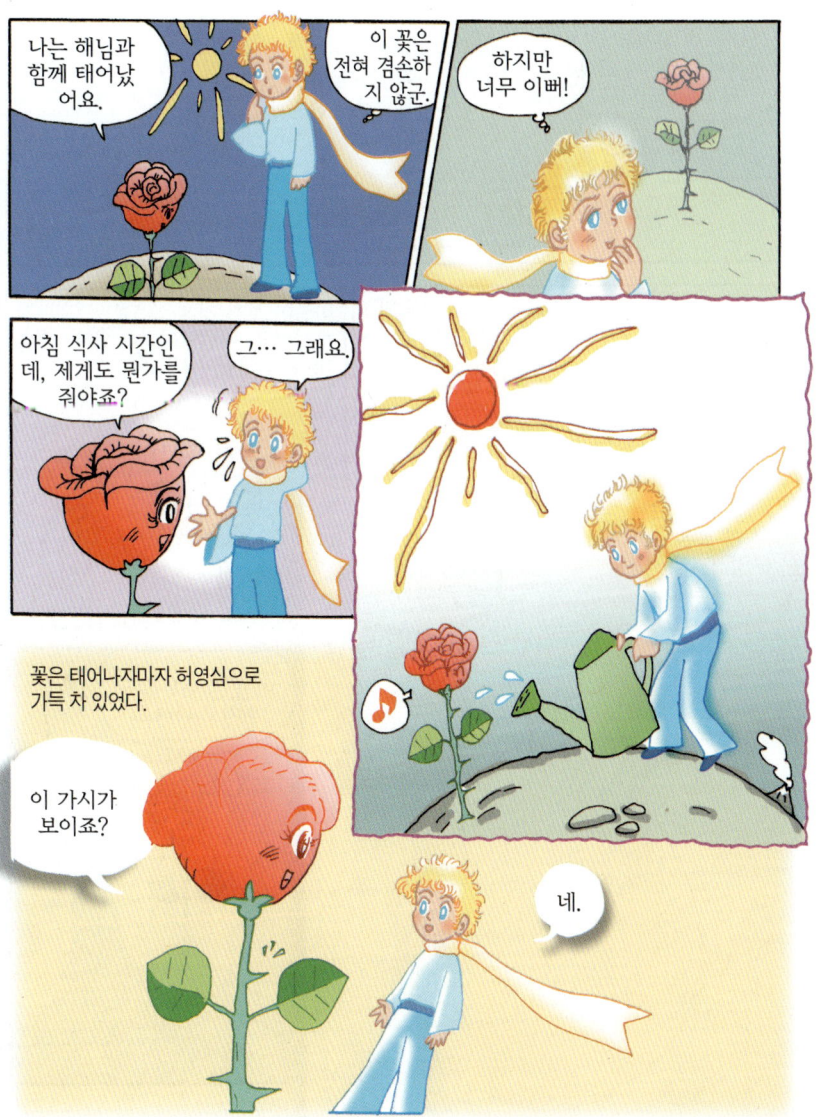

내가 살던 곳은….

....

....

꽃은 씨앗으로 이 곳에 왔기 때문에 다른 세상에 대해 아는 것이 없었다.
그러니 거짓말을 하더라도 금세 들통이 날 것이 뻔해
더 이상 얘기하지 못했다.

콜록 콜록

소혹성 325호 - 혼자 사는 왕

첫번째 별에는 왕이 살고 있었다.

오, 내 신하가 왔군!

어린 왕자는 해지는 걸 생각하다 보니 갑자기 자신의 별이 생각나 우울해졌다.

"너를 대신으로 삼겠노라!"

"무슨 대신인데요?"

"음...음... 법무 대신!"

"하지만 폐하 외에는 사람도 살지 않는 이 곳에,"

"법무 대신이 왜 필요하겠어요?"

"나는 아직 나의 왕국을 둘러본 일이 없느니라."

"왜냐 하면 나는 늙었고, 사륜 마차를 둘 장소도 없으며, 또 걸어다니려면 피곤하기 때문이지."

"그러니 내 왕국에 무슨 일이 있는지는 아무도 모르는 것이니라."

"이미 제가 다 봤어요!"

잠깐!

너를 나를 대신할 대사로 임명하노라!

이렇게 하면 너는 어딜 가든 내 신하야!

어른들은 이상해~.

소혹성 325-**허영꾼 남자**

두 번째 별에는 허영심에 가득 찬 남자가 살고 있었다.

엇! 저기 나의 팬이 오는군!

안녕하세요, 아저씨. 이상한 모자를 쓰고 계시는군요.

인사를 하기 위해 필요한 거야.

술주정뱅이의 대답과 침묵에 당황한 왕자는
그 별을 떠나 버렸다.

소혹성 3괴8호-**실업가**

네 번째 별은 엄청나게 바쁜 실업가의 별이었다.

하지만 어린 왕자는 한번 한 질문은 포기하는 법이 없었다.

내가 가장 먼저 별을 가질 생각을 했잖아!

생각만 해도 아저씨 것이 된다고요?!

네가 주인 없는 다이아몬드 섬을 발견했다면 그건 모두 네 것이 되는 거야.

내거!

또 네가 다른 사람은 생각지도 못한 기발한 생각을 했다면 그것도 네 거야.

나보다 먼저 별을 가질 생각을 한 사람이 없으니 당연히 별은 내 거지.

듣고 보니 그렇네요.

소혹성 329-가로등을 켜는 사람

소혹성 330-**지리학자**

여섯 번째 별은 먼젓번 별보다 열 배는 더 큰 별이었다.

와아- 탐험가가 왔군.

어린 왕자는 별에 두고 온 꽃을 생각하며 지구를 향해 다시 길을 떠났다.

지구에 도착한 어린 왕자

일곱 번째 별은 지구였다. 지구는 다른 별들과 달리 111명의 왕과 7천 명의 지리학자, 90만 명의 실업가, 그리고 7백 50명의 술주정뱅이, 허영심으로 꽉 찬 3억 1천 1백만 명의 사람들이 있었다.

전기가 발명되기 전까지 여섯 개의 대륙에 가로등을 켜는 사람이 46만 2천 5백 11명이 있어야만 했으니, 지구는 정말 엄청나게 큰 별이었다.

이런 지구에 어린 왕자가 처음 발을 들여놓은 곳은… 모래뿐인 사막이었다.

아무도 없어… 지구가 아닌가 봐….

스스슥

안녕?

안녕!

어린 왕자는 이번에는 높은 산 위로 올라갔다.

하지만 이 산은 이렇게 높으니까 이 별과 사람들을 한눈에 볼 수 있을 거야.

힘들다… 산을 오른다는게 이런거였나?

정상이 눈앞이다!

헥 헥

내 별에 있는 산은 내 무릎밖에 오지 않아. 그나마 휴화산은 의자로 쓰고 있지.

휴-

산꼭대기에 올랐지만 뾰족뾰족한
산봉우리 외에는 아무것도 보이지 않았다.

여우와 어린 왕자

어린 왕자는 계속 걸었다. 모래와 바위와 눈 위를 오랫동안 걷다가 드디어 길을 발견했다.

그리고, 길을 따라가면 사람들을 만날 수 있을 거라는 생각이 들었다.

어린 왕자는 장미꽃이 피어 있는 정원에 도착했다.

안녕!

그나마 그 작은 화산들 중의 하나는 영원히 잠들어 있을지도 몰라…

이 모양인데… 내가 어떻게 훌륭한 왕이 되겠어!

으흑…

엉엉 으앙~ 앙앙…

안녕!

안녕?

어디선가 인사하는 소리가 들렸다.

이런 이야기를 하는 동안 어린 왕자는 여우를 길들였다.

전철수 아저씨

목 마르지 않는 약

사막이 아름다운 이유

나는 그의 대답을 이해하지는 못했지만 되묻지는 않았다. 왜냐 하면 어린 왕자에게 질문을 해서는 안 된다는 것을 알고 있었기 때문에….

나는 그렇게 대답하고는 달빛에서 주름진 천처럼 펼쳐져 있는 모래 언덕을 바라보았다.

사막은 아름다워!

나는 언제나 사막을 사랑했다. 모래 언덕 위에 앉으면 아무것도 보이지 않고, 아무 소리도 들리지 않는다. 그러나 그 속에서 무언가 빛나는 것이 있다.

잠든 어린 왕자를 안고 걷는 내 마음은 슬펐다.

조금이라도 잘못하면 깨지기 쉬운 보물을 안고 가는 기분도 들었다.

이 세상에 너보다 부서지기 쉬운 게 또 있을까?

우물을 찾다

사람들은 자신이 찾는 게 뭔지도 모르면서 급행 열차에 올라타.

그래서 초조해하며 같은 자리를 맴돌아.

헛수고를 하는 거야.

우리가 찾아 낸 우물은 사막의 우물 같지가 않았다.

그나저나… 정말 이상하군.

보통 사막의 우물은 모래에 구멍을 파 놓은 것같이 생겼는데,

우리가 발견한 이 우물은 마을에 만들어 놓은 우물과도 같군.

나는 꿈을 꾸고 있는 것 같았다.

모든 게 다 준비되어 있잖아?

어린 왕자는 웃으며 도르레 줄을 잡아당겼다.

삐걱
삐걱

안녕, 어린 왕자

나는 어린 왕자로부터 20미터쯤 떨어져 있었는데
내 눈에는 아무것도 보이지 않았다.

두리번

네 독은 믿을 만해? 오랫동안 날 아프지 않게 할 자신이 있는 거지?

이게 무슨 소리야?

나는 그제야 담 밑을 보고는 깜짝 놀랐다.

이제 가 봐, 내려 갈 거니까.

독…
독사잖아!

그 뱀에 물리면 30초 이내에 죽는다는 무서운 독사였다.

파파
팍

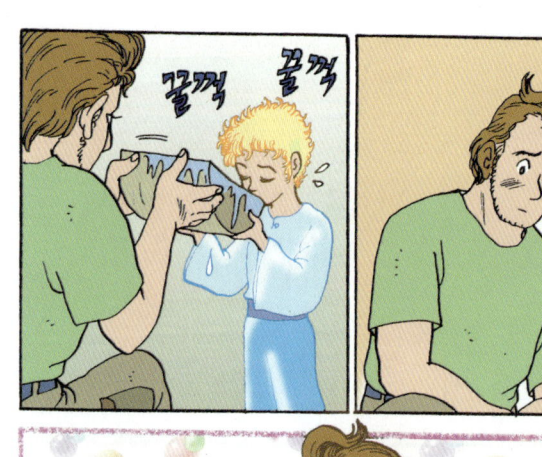

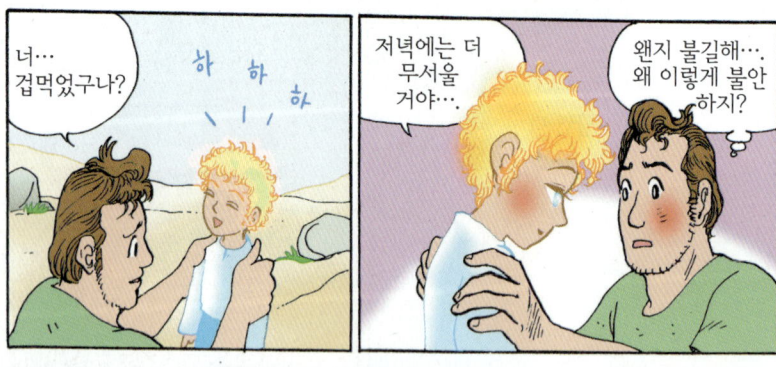

이윽고 어린 왕자의 발목에서 노란 한 줄기 빛이 반짝하더니, 그는 한 순간 그대로 서 있었다.

그리고 천천히 쓰러졌다.

이게 바로 6년 전의 일이었다.

여러분은 잘 보아 두길 바란다. 언젠가 여러분이
아프리카 사막을 여행하다가 별빛 아래에서
금빛 머리카락의 한 사내 아이를 만난다면
그가 누구인지 알 수 있을 것이다.

그러면 부디 내게 친절을 베풀어 주기를!
내가 계속 슬퍼하지 않도록, 그 애가 돌아왔다고 편지를 보내 주길 바란다.